I0769510

MARK TWAIN

CUENTOS DE RANAS, GATOS Y PERROS

astria

CUENTOS DE RANAS, GATOS Y PERROS
MARK TWAIN

©Colección Erandique
Supervisión Editorial: Óscar Flores López
Diseño de portada: Andrea Rodríguez
Administración: Tesla Rodas—Jessica Cordero
Director Ejecutivo: José Azcona Bocock
Primera Edición
Tegucigalpa, Honduras—Noviembre de 2025

CANIBALISMO EN LOS VAGONES DEL TREN

Recientemente estuve en Saint Louis, y al regresar hacia el oeste, después de cambiar de tren en Terre Haute, Indiana, subió en una de las estaciones del trayecto un caballero de aspecto benévolo y agradable, de unos cuarenta y cinco o cincuenta años, y se sentó junto a mí. Estuvimos hablando animadamente durante más o menos una hora sobre temas diversos, y encontré que era un hombre extraordinariamente divertido e inteligente. Cuando se enteró de que yo era de Washington, empezó de inmediato a preguntarme acerca de varios cargos públicos y de los asuntos del Congreso, y enseguida me di cuenta de que mi interlocutor era un hombre muy familiarizado con los entresijos de la vida política en la capital, e incluso de los procedimientos, costumbres y actitudes de los senadores y representantes de las cámaras del Congreso Nacional. En aquel momento, dos hombres se detuvieron cerca de nosotros durante un instante, y uno le dijo al otro:

—Harris, si haces esto por mí, nunca lo olvidaré, muchacho.

Los ojos de mi nuevo camarada se iluminaron agradablemente. Pensé que aquellas palabras habían despertado en él algún recuerdo feliz. Luego su rostro se serenó y se tornó pensativo, casi sombrío. Se volvió hacia mí y me dijo:

—Déjeme que le cuente una historia; déjeme revelarle un capítulo secreto de mi vida, un capítulo del que no he vuelto a hablar con nadie desde que acontecieron los sucesos que voy a narrarle. Escuche pacientemente y prométame que no me interrumpirá.

Le dije que no lo haría, y empezó a relatarme la extraña aventura que sigue, hablando a veces animadamente, otras con melancolía, pero siempre con completa seriedad y cargado de sentimiento.

El día 19 de diciembre de 1853 partí en el tren nocturno que salía de Saint Louis en dirección a Chicago. No éramos más que veinticuatro pasajeros en total. No había ni mujeres ni niños. Estábamos todos de un humor excelente, y no tardaron en entablarse agradables relaciones amistosas. El viaje se presentaba bajo los mejores auspicios, y no creo que nadie de aquel grupo tuviera el más vago presentimiento de los horrores por los que muy pronto tendríamos que pasar.

A las once empezó a nevar copiosamente. Poco después de abandonar el pequeño pueblecito de Welden, nos adentramos en las interminables praderas desiertas que se extienden durante leguas y leguas de tierras inhóspitas. El viento, sin encontrar el obstáculo de árboles o colinas, ni tan siquiera de alguna roca aislada, silbaba con violencia a través del llano desierto y arrastraba la nieve como la espuma de las olas encrespadas de un mar tempestuoso. La nieve se acumulaba rápidamente, y al observar que el tren disminuía de velocidad, supimos que la locomotora se iba abriendo paso cada vez con más dificultad. De hecho, en algunos momentos casi llegó a pararse del todo, en medio de grandes ventisqueros que se atravesaban sobre la vía como lápidas colosales. La conversación empezó a decaer. La alegría se trocó en grave preocupación. La posibilidad de quedar atrapados en la nieve en la pradera desierta, a cincuenta millas de la casa más cercana, se representó en la mente de todos y fue extendiendo su depresiva influencia sobre nuestros espíritus.

A las dos de la mañana fui despertado del inquieto sueño en que me había sumido al darme cuenta de que a mi alrededor había cesado todo movimiento. La horrible verdad cruzó como un relámpago por mi mente: ¡estábamos bloqueados por la nieve! «¡Todo el mundo al rescate!». Y todos nos apresuramos a obedecer. Al salir a la lúgubre oscuridad de la noche, con la nieve azotándonos bajo la incesante tempestad, el corazón nos dio un vuelco a todos, asaltados por la certeza de que perder un solo momento podría acarrearnos la muerte. Palas, manos, tablas… cualquier cosa, todo lo que pudiera desplazar la nieve, se puso al momento en acción. Era una estampa ciertamente extraña ver a aquel reducido grupo de hombres luchando frenéticamente contra la nieve amontonada, con sus siluetas oscilando entre la más negra penumbra y la luz airada del reflector de la locomotora.

Bastó apenas una hora para comprobar que nuestros esfuerzos eran completamente inútiles. En cuanto retirábamos un ventisquero, la tormenta volvía a obstaculizar la vía con una nueva docena. Y, para colmo de males, descubrimos que en la última carga que la locomotora había llevado a cabo contra el enemigo… ¡se habían roto las bielas de las ruedas! Aun cuando lográramos despejar la vía, no podríamos proseguir el viaje. Volvimos a subir al vagón, extenuados por el trabajo y totalmente abatidos. Nos reunimos en torno a las estufas para evaluar detenidamente nuestra situación. No teníamos provisiones de ningún tipo: esa era nuestra mayor desgracia. No corríamos riesgo de congelarnos, ya que llevábamos gran cantidad de leña en el furgón. Ese era nuestro único consuelo. La discusión llegó a su fin cuando aceptamos la descorazonadora conclusión del conductor: caminar cincuenta millas a través de una tempestad de nieve como aquella representaría la muerte para cualquiera que lo intentara. No podíamos enviar a nadie a buscar ayuda, e incluso si lo hiciéramos no lo conseguiría. Teníamos que resignarnos y esperar, con toda la paciencia que pudiéramos, a que llegara el auxilio… ¡o a morir de hambre! Creo que hasta el corazón más endurecido que allí pudiera haber experimentó un momentáneo escalofrío al oír aquellas palabras.

Al cabo de una hora la conversación se extinguió hasta convertirse en un débil murmullo aquí y allá del vagón, que se percibía a intervalos entre las ráfagas de viento; la luz de las lámparas fue bajando, y la mayoría de los náufragos se refugiaron entre las sombras oscilantes para pensar —para olvidar el presente, si podían—, y para dormir, si lo lograban.

La noche eterna —sin duda nos lo pareció a nosotros— fue desgranando lentamente sus horas hasta que por fin, al este, despuntó el gris y frío amanecer. A medida que la luz fue creciendo en intensidad, los pasajeros empezaron a rebullir y a dar signos de vida uno tras otro, y cada uno se echaba hacia atrás el sombrero que le había caído sobre la frente, estiraba los miembros entumecidos y lanzaba una mirada por la ventanilla hacia la desoladora perspectiva. ¡Y era realmente desoladora! No se veía por ninguna parte ni un solo ser vivo, ni una sola morada humana: tan solo el vasto desierto blanco, lienzos de nieve alzados por el viento formando montículos por doquier, y un diluvio de copos que caían en remolinos impidiendo ver el firmamento.

Durante todo el día deambulamos arriba y abajo por los vagones, entregados a nuestros pensamientos y hablando muy poco. Otra noche monótona e interminable… y el hambre.

Otro amanecer, otro día de silencio, de tristeza, de hambre atroz, de inútil espera de un auxilio que no podía llegar. Una noche de inquieto duermevela, llena de sueños de festines… y el descorazonador despertar entre retortijones de hambre.

Llegó y transcurrió el cuarto día… ¡y el quinto! ¡Cinco días de horrible encarcelamiento! Un hambre salvaje se traslucía en todas las miradas. Todas reflejaban el brillo de una espantosa idea, el presentimiento de algo que iba adquiriendo una forma imprecisa en la mente de todos, algo que ninguna boca se atrevía a convertir en palabras.

Transcurrió el sexto día; el séptimo amaneció sobre el grupo de hombres más demacrados, macilentos y desesperados que jamás hayan estado a la sombra de la muerte. ¡Había que decirlo ya! ¡El sombrío pensamiento que había estado germinando en la mente de todos estaba dispuesto por fin a aflorar a los labios! La naturaleza había forzado hasta el extremo: tenía que ceder. RICHARD H. GASTON, de Minnesota, alto y de una lividez cadavérica, se levantó. Todos sabían lo que iba a venir. Todos estaban preparados: toda emoción, toda expresión de excitación frenética se había serenado, y solo una seriedad tranquila y pensativa se traslucía en los ojos que tan salvajes habían mirado últimamente.

—Caballeros, no se puede postergar por más tiempo. ¡Ha llegado el momento! Debemos determinar quién de nosotros ha de morir para proporcionar alimento a los demás.

EL SEÑOR JOHN J. WILLIAMS, de Illinois, se levantó y dijo: «Caballeros, propongo al reverendo James Sawyer, de Tennessee».

EL SEÑOR WM. R. ADAMS, de Indiana, dijo: «Yo propongo al señor Daniel Slote, de Nueva York».

EL SEÑOR CHARLES J. LANGDON: «Yo propongo al señor Samuel A. Bowen, de Saint Louis».

EL SEÑOR SLOTE: «Caballeros, yo deseo declinar mi nombramiento en favor del señor John A. Van Nostrand, Júnior, de Nueva Jersey».

EL SEÑOR GASTON: «Si no hay objeción, se accederá al deseo del caballero».

EL SEÑOR VAN NOSTRAND objetó, y la renuncia del señor Slote fue desestimada. También los señores Sawyer y Bowen declinaron su designación, pero fueron desestimadas sobre las mismas bases.

EL SEÑOR A. L. BASCOM, de Ohio: «Propongo que se cierre la lista de las candidaturas y que la asamblea empiece la votación para la elección».

EL SEÑOR SAWYER: «Caballeros, protesto enérgicamente contra este procedimiento. Es, bajo cualquier punto de vista, irregular e improcedente. Propongo desestimarlo inmediatamente y que elijamos a un presidente de la asamblea, asistido por los cargos correspondientes, y luego podremos abordar el asunto que nos ocupa con toda ecuanimidad».

EL SEÑOR BELL, de Iowa: «Caballeros, protesto. No es este momento para detenerse en formalismos ni en consideraciones protocolarias. Durante más de siete días hemos estado privados de alimento. Cada momento que perdemos en inútiles discusiones no hace más que acrecentar nuestro infortunio. Yo estoy conforme con las designaciones que aquí se han hecho, y creo que todos los caballeros presentes también lo están. Por mi parte, no veo por qué no hemos de proceder inmediatamente a elegir a uno o varios de los designados. Deseo ofrecer mi resolución…».

EL SEÑOR GASTON: «También esta sería protestada, y nos pasaríamos todo el día discutiendo las normas, lo cual no haría más que aumentar el retraso que usted desea evitar. El caballero de Nueva Jersey…».

EL SEÑOR VAN NOSTRAND: «Caballeros, soy extranjero entre ustedes; no he buscado la distinción que me ha sido conferida, y siento una cierta desazón…».

EL SEÑOR MORGAN, de Alabama [interrumpiéndole]: «Yo me decanto por la propuesta anterior».

La moción se llevó a cabo y, naturalmente, el debate se prolongó. Se aprobó la propuesta de elegir cargos y se constituyó una asamblea formada por el señor Gaston como presidente, el señor Blake como secretario, los señores Holcomb, Dyer y Baldwin como miembros del comité de candidaturas, y el señor R. M. Howland como proveedor, para asistir al comité en las nominaciones.

Se acordó tomar un receso de media hora, durante el cual se pudo oír cierto rumoreo. Al sonar el aviso, la asamblea volvió a reunirse y el comité designó como candidatos a los señores George Ferguson, de Kentucky, Lucien Herrman, de Luisiana, y W. Messick, de Colorado. La propuesta fue aceptada.

EL SEÑOR ROGERS, de Misuri: «Señor presidente, una vez presentada debidamente la candidatura ante la asamblea, propongo una enmienda a la misma para sustituir el nombre del señor Herrman por el del señor Lucius Harris, de Saint Louis, a quien todos conocemos bien y tenemos en gran estima por su honorabilidad. No quisiera que se me entendiera como que pretendo empañar la valía y la posición del caballero de Luisiana; nada más lejos de mi intención. Lo respeto y estimo tanto como puede hacerlo cualquiera de los caballeros aquí presentes, pero ninguno de nosotros puede negarse a la evidencia de que, durante la semana que hemos permanecido aquí encerrados, ha perdido más carnes que cualquiera de nosotros; nadie puede cerrar los ojos ante el hecho de que el comité no ha cumplido con su deber, ya sea por negligencia o por alguna falta más grave, al elegir por sufragio a un caballero que, por puros que sean los motivos que lo animan, tiene muy poco alimento que ofrecernos…».

EL PRESIDENTE: «El caballero de Misuri debe sentarse inmediatamente. La presidencia no puede permitir que se ponga en entredicho la integridad de este comité, salvo que se haga siguiendo el cauce habitual y ateniéndose a las reglas. ¿Qué decisión toma la asamblea con respecto a la moción del caballero?».

EL SEÑOR HALLIDAY, de Virginia: «Yo propongo una nueva enmienda a las designaciones, para sustituir al señor Messick por el señor Harvey Davis, de Oregón. Tal vez algunos caballeros aducirán que las durezas y las privaciones de la vida en un estado fronterizo han endurecido algo al señor Davis; pero, caballeros, ¿es este el momento de pensar en durezas? ¿Es este el momento de ponerse quisquillosos con trivialidades? ¿Es este el momento de discutir acerca de asuntos de mezquina insignificancia? No, caballeros; lo que necesitamos ahora es corpulencia: sustancia, peso, corpulencia… estos son ahora los requisitos supremos, y no el talento, ni el genio, ni la educación. Insisto en mi moción».

EL SEÑOR MORGAN [muy excitado]: «Señor presidente, me opongo rotundamente a esta enmienda. El caballero de Oregón es viejo, y además es corpulento solo de huesos, no de carne. Yo pregunto al caballero de Virginia: ¿es caldo lo que queremos o una buena sustancia sólida? ¿Es que quiere embaucarnos con una sombra? ¿Quiere burlarse de nuestros sufrimientos dándonos un espectro de Oregón? Yo le pregunto si puede mirar a los rostros angustiados a su alrededor, si puede mirar directamente a nuestros tristes ojos, si puede escuchar el latido de nuestros corazones expectantes, y aun así pretender que nos conformemos con ese fraude medio muerto de hambre. Yo le pregunto si puede pensar en nuestro desolador presente, en nuestras pasadas amarguras y en nuestro lúgubre futuro, y aun así arrojarnos despiadadamente este despojo, esta ruina, esta piltrafa, este huesudo y correoso vagabundo de las inhóspitas costas de Oregón. ¡Ah, no! ¡Jamás! [Aplausos].

Después de un reñido debate, la moción fue sometida a votación y rechazada. Luego se discutió la designación como sustituto del señor Harris en virtud de la primera enmienda. Se procedió a la votación. Se llevaron a cabo cinco escrutinios, sin resultado. Al sexto salió elegido el señor Harris, habiendo votado todos por él, excepto él mismo. Se propuso entonces que su elección fuera ratificada por unanimidad, lo cual no fue posible, ya que volvió a votar contra sí mismo.

EL SEÑOR RADWAY propuso que la asamblea procediera a elegir entre los candidatos restantes al que serviría como desayuno al día siguiente. El proceso se llevó a cabo.

En la primera votación se produjo un empate: la mitad de los miembros se decantó por un candidato a causa de su juventud, y la otra se decantó por otro a causa de su mayor corpulencia. El presidente otorgó el voto decisivo a este último, el señor Messick. Esta decisión provocó considerable disgusto entre los partidarios del señor Ferguson, el candidato derrotado, y hubo ciertos rumores de que se procediera a una nueva votación; pero cuando se disponían a ello, se presentó y aceptó una moción para aplazar la votación, y la asamblea se disolvió al instante.

Durante un buen rato, los preparativos para la cena distrajeron la atención de los partidarios de Ferguson del debate acerca de la afrenta recibida, y luego, cuando quisieron retomarlo, el feliz anuncio de que el señor Harris estaba ya listo acabó con toda intención de seguir discutiendo.

Improvisamos varias mesas con los respaldos de los sillones del vagón y nos sentamos a ellas con el corazón pleno de agradecimiento para disfrutar de la magnífica cena por la que suspirábamos desde hacía siete torturadores días. ¡Cómo cambió nuestro aspecto del que presentábamos hacía apenas unas horas! Hasta entonces, impotencia, hambre, ojos de triste desdicha, angustia febril, desesperación; y, en un momento, agradecimiento, serenidad, un goce demasiado intenso para ser proclamado. No me equivoco al decir que fue la hora más dichosa de mi atribulada existencia. El viento aullaba fuera, haciendo que la nieve golpeara furiosamente contra nuestro vagón—cárcel, pero ni uno ni otra podían hacernos sentir ya desgraciados. Harris me gustó. Sin duda podría haber estado un poco más hecho, pero puedo asegurar que nunca he hecho tan buenas migas con un hombre como con Harris, y que nadie me ha proporcionado nunca tan alto grado de satisfacción. Messick también estuvo muy bien, aunque quizá tenía un gusto un poco fuerte, pero como auténtico valor nutritivo y fibra delicada, nadie como Harris. Messick tenía sus buenas cualidades, no es mi intención negarlo ni pienso hacerlo, pero era tan adecuado para un desayuno como lo hubiera sido una momia: nada. ¡Qué delgadez! ¡Y qué duro! ¡Ah, estaba durísimo! No puede usted imaginarse hasta qué extremo. Es que no puede ni imaginárselo.

—¿Me está usted diciendo que…?

—Por favor, no me interrumpa. Después de desayunar, elegimos a un hombre llamado Walker, de Detroit, para cenar. Era exquisito. Así se lo conté por carta a su mujer. Era digno de todo elogio. Siempre me acordaré de Walker. Sabía un poco extraño, pero suculento. Y a la mañana siguiente tuvimos a Morgan, de Alabama, para desayunar. Era uno de los hombres más deliciosos que he tenido el gusto de conocer: apuesto, educado, refinado, hablaba perfectamente varias lenguas… un perfecto caballero. Todo un caballero, y singularmente sabroso. Para cenar tuvimos a aquel patriarca de Oregón, y vaya un fraude, no hay discusión posible: viejo, correoso, duro; nadie puede imaginarse hasta qué punto. Así que acabé diciendo: «Caballeros, ustedes harán lo que les parezca, pero yo estoy dispuesto a esperar a que se haga otra elección». Y Grimes, de Illinois, dijo: «Caballeros, yo voy a esperar también. Cuando elijan a alguien que verdaderamente tenga "algo" que lo merezca, me uniré a ustedes con mucho gusto». Pronto se hizo patente el desagrado general respecto a Davis, de Oregón, así que, para conservar la buena armonía que tan agradablemente había imperado desde Harris, se convocó otra elección que dio como resultado la designación de Baker, de Georgia. ¡Estaba espléndido! Bueno, bueno… después de este vinieron Doolittle, Hawkins, McElroy (hubo algunas quejas acerca de McElroy, porque era extraordinariamente bajo y delgado), Penrod, dos Smith, Bailey (Bailey tenía una pierna de palo, lo que evidentemente era una merma, pero por lo demás estaba excelente), un chico indio, un organillero y un caballero que respondía al nombre de Buckminister: un pobre vagabundo seco como un palo, que ni servía como compañía y mucho menos como desayuno. Nos alegramos de haberle elegido antes de que llegara el auxilio.

—¿Así que por fin llegó el bendito auxilio?

—Sí, llegó una mañana clara y soleada, justo después de una votación. El elegido fue John Murphy, y puedo asegurar que él habría sido el mejor de todos; pero John Murphy regresó con nosotros en el tren que vino a socorrernos, y vivió para casarse con la viuda de Harris…

—¿La viuda de…?

—La viuda de nuestra primera elección. Se casó con ella, y ahora es un hombre feliz, respetado y próspero. ¡Ah, fue como una novela, señor, como una auténtica novela…! Esta es mi parada, señor. Ahora debo despedirme. Cuando considere usted oportuno pasarse uno o dos días por mi casa, estaré encantado de recibirlo. Me gusta usted, señor. Hasta diría que le he tomado cierto afecto. Puede que incluso llegara a gustarme tanto como el mismo Harris. Buenos días, señor, y que tenga un viaje agradable.

Y se marchó. Jamás en mi vida me había sentido tan asombrado, angustiado y desconcertado. Pero en el fondo me alegraba de que se hubiera marchado. Con aquellos modales tan exquisitos y aquella voz tan suave, me estremecía cada vez que dirigía su mirada hambrienta hacia mí; y cuando escuché que me había ganado su peligroso afecto y que estaba en su estima casi a la altura del finado Harris… ¡por poco se me para el corazón!

Me sentía anonadado hasta límites inimaginables. No dudaba de su palabra; no podía cuestionar ni un solo punto de una declaración impregnada de una verdad tan grave como la suya; pero sus horripilantes detalles me sobrepasaban y sumían mis pensamientos en una espantosa confusión. Vi que el revisor se me quedaba mirando y le pregunté:

—¿Quién es ese hombre?

—En otro tiempo fue miembro del Congreso, y uno de los buenos. Pero en una ocasión se quedó atrapado en un tren durante una gran nevada, y al parecer casi murió de hambre. Quedó tan trastornado por el frío y tan consumido por la falta de alimento, que después de aquello perdió la cabeza durante dos o tres meses. Ahora está bien, solo que es monomaníaco, y cuando habla de aquel viejo asunto no hay manera de pararle hasta que se ha comido todo el cargamento humano de aquel vagón. Si no llega a tener que apearse, a estas horas ya habría acabado con toda la gente del tren. Se sabe sus nombres tan de corrido como el abecedario. Cuando se los ha comido a todos y solo queda él, entonces siempre dice: «Habiendo llegado la hora de la habitual elección para el desayuno, y al no encontrar ningún tipo de oposición, salí debidamente elegido, tras lo cual, al no plantearse ninguna objeción, renuncié. Por eso estoy aquí».

Me sentí indeciblemente aliviado al saber que solo había estado escuchando las inofensivas divagaciones de un demente, en lugar del relato de la experiencia real de un caníbal sanguinario.

CÓMO DIRIGÍ UN DIARIO DE AGRICULTURA
(UNA VEZ)

No sin algún temor me encargué, temporalmente, de la dirección de aquel periódico de agricultura. Casi lo mismo que le hubiera ocurrido a un labrador a quien encomendaran de improviso el mando de un navío. Pero, en fin, yo me encontraba en una de esas situaciones en que la cuestión económica se sobrepone a todas las demás.

El director habitual de la revista se marchaba con licencia; acepté sus proposiciones y acepté el puesto.

Saboreé la exquisita sensación de tener empleo nuevo, y trabajé aquella primera semana como un verdadero león. Entró en prensa el primer número que yo dirigía. ¡Cuán impaciente estaba hasta que le vi salir de máquinas! Seguramente había llegado el momento de mi notoriedad.

Al salir de la redacción, poco después de anochecido, observé agrupados al pie de la escalera hombres y muchachos, que se dispersaron al aparecer yo, no sin haberme cedido el paso con la mayor cortesía.

Oí a uno o dos que se dijeron: "Es él". ¡Qué halagüeño incidente! Al otro día, un grupo parecido me esperaba en el mismo sitio; aquí y allá, estacionadas en mi camino, gentes curiosas parecían disputarse el honor de contemplarme.

Recuerdo que un transeúnte exclamó al verme: "¡Qué mirada tan inteligente!". Y no he de añadir que, si bien mi amor propio disfrutó hasta un punto indecible, y me prometí in petto dar cuenta del suceso a mi señora tía, traté de disimular tan dulces impresiones, prosiguiendo indiferente mi marcha triunfal.

Subí las escaleras de la redacción, extrañándome algo las risotadas, un tanto intempestivas, que a través de la puerta se percibían. Penetré en la sala de espera y noté que dos jovenzuelos allí parados palidecían intensamente y, tras de hacerme una reverencia, saltaban por una ventana, con gran estrépito. ¿Qué diablos les había ocurrido?

Media hora más tarde, un caballero anciano, de barba patriarcal y nobles facciones, entró en mi despacho y tomó asiento, previo un afable saludo. El desconocido colocó su sombrero en el suelo, no sin haber sacado de las profundidades del inmenso cubrecabeza un pañuelo rojo, y de este un número de nuestra revista, cuidadosamente doblado. Hecho lo cual, preguntó:

—¿Es usted el nuevo director?

—Para servirle —contesté.

—¿Ha tenido usted alguna vez a su cargo un periódico de agricultura?

—No, señor. Este es mi primer ensayo.

—Así lo he creído. ¿Tiene usted alguna experiencia en cosas de agricultura?

—Me parece que no, señor.

—El corazón me lo decía —repuso el atento caballero, poniéndose sus gafas y lanzándome una mirada escrutadora por encima de ellas, en tanto que desdoblaba con pausa el periódico—. Voy a leerle a usted —continuó— el artículo que ha autorizado tales suposiciones. He aquí el trabajito a que me refiero. Escuche usted y dígame si son suyas las siguientes apreciaciones.

"Es una torpeza arrancar los nabos. Semejante procedimiento les es muy perjudicial. Debe preferirse hacerles caer de un árbol sacudiendo este violentamente".

—¿Qué tal? ¿Qué opina usted del párrafo anterior? —interrogó el noble anciano.

—Pues —contesté—, que no puede ser más excelente ni más juicioso. Estoy convencido de que todos los años se pierden millones y millones de nabos solo por no adoptar el sistema que preconizo. Créame usted, caballero, el mejor método de escoger nabos es sacudirlos.

—¡Sacudirlos! ¡Como no sacuda usted a su abuela! Los nabos no nacen en árboles.

—¿Ah, no? ¿He afirmado yo, quizá, que los nabos nazcan en árboles? Ya se comprende que hablo metafóricamente. Es preciso ser un asno para no adivinar que la sacudida de que hablo ha de darse a las cepas…

Mi amable interlocutor interrumpió el discurso con un ademán. Púsose de pie, hizo añicos el periódico, rompió a bastonazos cuantos objetos se hallaban a su alcance y tomó el portante después de asegurarme que yo era más ignorante que una vaca.

Insólita conducta que me hizo pensar si en el brillante artículo debido a mi pluma existiría alguna cosa que molestase al venerable patriarca… Íbale a dar explicaciones; pero, ¡cualquiera le echaba un galgo!…

Apenas había transcurrido un cuarto de hora, cuando una criatura de faz cadavérica, cabellos largos que le caían sobre los hombros y barba de ocho días, por lo menos —una barba amarillenta, que daba a aquella faz terrosa el aspecto de cebadal después de la siega—, se precipitó como una tromba en mi tranquilo despacho.

Detúvose en seco el extraño personaje, puso un dedo sobre sus labios e inclinó la cabeza a uno y otro lado, cual si quisiera escuchar algo…

El silencio era completo. Mi inverosímil visitante continuaba en la misma actitud. Nada; ni el menor ruido.

De improviso salió de su inmovilidad, fue a la puerta, echó llave, avanzó hacia mí de puntillas y quedó parado a poca distancia, mirándome de hito en hito. Luego de haberme examinado a su gusto, con intenso interés, al parecer, sacó del bolsillo de su gabán un mugriento ejemplar de mi periódico.

—He aquí lo que usted ha escrito —dijo—; ¡por piedad!, hágame la merced de leerlo en voz alta. ¡Sufro horriblemente!

Accedí a sus ruegos. Conforme iba yo leyendo, observaba que en las facciones del intruso renacía la calma; que sus músculos faciales se distendían; que la paz y la serenidad iluminaban poco a poco su semblante como un rayo de luna un paisaje devastado…

"El guano —decía mi artículo— es una de las aves más bellas que existen, si bien ha de advertirse que su cría requiere prolijos cuidados.

"Su aclimatación debe hacerse o bien antes de junio, o bien pasado septiembre.

"Ha de procurársele habitación abrigada en invierno, con objeto de que pueda empollar huevos.

"Es evidente que la estación se presenta muy retrasada para los cereales, razón por la cual aconsejamos a los labradores que se apresuren a plantar el trigo y a injertar la cebada.

"Dediquemos ahora unas cuantas palabras a la calabaza.

"Esta gramínea es muy apreciada por los indígenas del interior de Nueva Inglaterra, hasta el punto de preferirla a la grosella en la confección de pasteles y en la alimentación de las vacas.

"La calabaza es la única variedad comestible de la familia de los naranjos que puede ser cultivada en los países septentrionales. Desaparece rápidamente la costumbre de sembrarla en los patios o frente a los edificios, con objeto de formar emparrados.

"Hase reconocido, en efecto, que la calabaza no sirve para buena sombra.

"Se aproxima la estación estival, de modo que es preciso disponer la recolección de la bellota".

Al llegar aquí, me interrumpió mi oyente, diciendo entusiasmado, mientras me apretaba convulsivamente las manos:

—¡Basta! No se moleste usted más. Ahora sé que estoy en plena posesión de mi juicio. Ha leído usted eso, letra por letra, de igual modo que yo. Pero créame usted, caballero; cuando esta mañana recorrí con la vista su erudito trabajo, me dije:

"Estoy perdido, no tengo cura, son estériles los cuidados que me prodiga mi familia, mi razón huyó para siempre". Entonces lancé un grito que debió oírse a dos leguas a la redonda y salí a la calle dispuesto a matar a alguien, porque desde el momento en que ello tiene que suceder, vale más empezar cuanto antes. Luego volví a leer el artículo con objeto de convencerme de mi desgracia. No teniendo ya la menor duda, incendié mi casa y huí al campo. En el camino he herido a varias personas y he arrojado tres o cuatro a una alcantarilla. Dueño más tarde de mis acciones, pensé que acaso fuera procedente venir a verle a usted y precisar con exactitud el verdadero estado de mis facultades intelectuales. Ahora ya sé que no hay necesidad de meterme en un manicomio. Buenas tardes, señor director. ¡Qué enorme peso acaba usted de quitarme de encima! Mi razón, esta razón que yo creía fugitiva, ha resistido la lectura de su artículo. Es, pues, indudable, que nada en el mundo podrá ya perturbarla. Que usted lo pase bien».

Quedéme pensando con tristeza en las barbaridades cometidas por aquel individuo, y he de declarar que me remordió bastante la conciencia, pues, al fin y al cabo, yo había sido la causa determinante de ellas.

Un terrible bufido, acompañado de una serie de interjecciones, vino a sacarme de mi meditación.

Levanté la cabeza y vi, lleno de espanto, que el director del periódico se encontraba a mi lado en actitud nada tranquilizadora.

—Perfectamente —me decía—, veo con gusto que se le puede confiar a usted cualquier cosa.

«Las consecuencias no pueden ser más satisfactorias.

«Aquí, un frasco de goma hecho añicos; allí, dos candelabros y un cesto reducido a partículas; más allá, cuatro cristales rotos y un espejo agujereado… ¡Y no es esto lo peor, sino que la reputación del periódico se encuentra destruida para siempre!…

«Ciertamente que hasta hoy se vendía muy poco, o casi nada, y que después del malhadado artículo de usted no damos abasto al público. Pero, ¿ha de satisfacernos un éxito debido a la locura y una prosperidad basada en el desequilibrio de nuestro espíritu? Vea usted su obra, amigo mío: la calle se encuentra intransitable. ¡Tal es el número de papanatas que espera la salida de usted para contemplar de cerca a un loco!… Y tienen razón para creerle a usted en tan deplorable estado. Porque, ¿quién sino un loco de atar escribe cosas como las que usted ha escrito?

«¿A qué persona sensata se le ocurre afirmar, como usted ha afirmado, que los parques de ostras son más olorosos que los parques de flores, y que el crecimiento de los cereales se favorece mucho ejecutando el himno nacional en un acordeón? No sabe usted una palabra, ¡qué, una palabra!, ni una coma de agricultura.

«Y siendo tan absoluto su desconocimiento de esa ciencia, ¡se ha atrevido usted a escribir, con tono doctoral, un artículo que hará época en los anales de mi revista!… ¡Ha tenido usted la osadía de sustituirme en mi ausencia, sin revelarme antes la espantosa verdad!… ¡Es usted un miserable y un desvergonzado! ¡Salga usted de aquí y no vuelva a acordarse de que existen periódicos de agricultura!».

—Pero —contesté amostazado ante la lluvia de improperios—, ¿es que usted cree, señor director, que voy a tragarme, sin protesta, cuanto le haya venido en gana decirme? No, señor; no, señor, y no, señor. Sepa usted que esta es la primera vez que llegan a mis oídos observaciones tan ridículas.

¿Quién redacta las críticas teatrales en los periódicos de segundo orden? Unos cuantos zapateros y otros tantos mancebos de botica, tan ayunos de literatura dramática como yo de agricultura. ¿Quién hace las revistas bibliográficas? Gente que jamás ha escrito un libro. ¿Quién se ocupa de las cuestiones financieras? Individuos que tienen las mejores razones para no entender de esos asuntos. ¿Quién diserta sobre valores morales y abomina de los vicios que corroen a nuestra sociedad? Perdularios que no tienen por dónde les coja el demonio, y que juegan y beben y hacen tantas malas acciones como minutos cuenta el día. ¿Quién, por último, dirige las revistas de agricultura? ¡Usted, pedazo de atún, y con usted, todos aquellos que han fracasado en la poesía, en la novela, en el teatro y en la crónica, y que, desengañados al fin, caen sobre la agricultura, de paso para el hospital! ¿Y es usted el que pretende enseñarme el oficio de periodista? ¿A mí, que le conozco desde la alfa a la omega, y que sé por experiencia que cuanto más ignorante es un hombre más probabilidades tiene de alcanzar fama y dinero? Bien sabe Dios que si yo hubiera sido un ignaro en lugar de un periodista instruido, impudente en lugar de modesto, hubiese, sin duda, conquistado una posición en este mundo egoísta y frío… Con su licencia voy a retirarme, señor director. La forma en que usted acaba de tratarme me impide continuar prestándole mis servicios. He cumplido mi deber, he llenado mis compromisos del modo más escrupuloso que me ha sido dable. Aseguré a usted que haría de su periódico una publicación interesante, y lo he conseguido. Prometí a usted que la tirada llegaría a ser de veinte mil ejemplares, y quizá antes de dos semanas hubiéramos rebasado la cifra, atrayendo hacia esta revista el mejor núcleo de lectores que puede desear un periódico de agricultura, esto es, un conjunto enorme de bienaventurados incapaces de distinguir un melón de un albaricoque… Usted ha querido su pérdida, amigo mío; ahora aténgase a las consecuencias. Beso a usted la mano».

Saludé y me fui.

CUENTO DEL AZULEJO JIM BAKER

Los animales hablan entre sí, de eso no cabe duda. Nadie podrá negarlo, pero creo que son muy pocos los que saben entenderlos. Yo no he conocido más que a un hombre capaz de ello. Pero conste que si lo sé, es porque me lo dijo él mismo. Era un hombre de edad mediana, minero sencillo y llano que había vivido muchos años en un rincón solitario de California, entre bosques y montañas, y había estudiado las costumbres de sus únicos vecinos, los animales y los pájaros, hasta que creyó que podía traducir exactamente cualquier observación que hiciesen. Se llamaba Jim Baker. Según Jim Baker, hay animales que no tienen más que una educación limitada y emplean únicamente palabras muy sencillas, sin utilizar comparaciones o figuras retóricas, mientras que otros tienen un vocabulario extenso, dominan a la perfección el lenguaje y lo usan de modo expedito y fluido; por tanto, hablan mucho; saben que tienen talento y se recrean en lucirlo. Baker me dijo que, después de una observación larga y cuidadosa, había llegado a la conclusión de que los azulejos eran los mejores habladores que había encontrado entre los pájaros y los cuadrúpedos. Oigan lo que me dijo:

"—El azulejo tiene más cualidades que ninguna otra criatura. Manifiesta humores de la más diversa índole y más sentimientos que las demás criaturas; y, téngalo presente, lo que siente un azulejo sabe expresarlo con su lenguaje. Pero no crea que es un lenguaje chabacano, no señor: ¡es una cháchara parlanchina, completamente de libro… chispeante de metáforas, sí señor, chispeante! Y en cuanto a dominio del idioma, tenga por seguro que no encontrará jamás un azulejo que se trabe en una palabra. Nadie lo ha encontrado. ¡Les salen a borbotones! Y otra cosa: los he observado mucho, y no hay pájaro ni vaca ni nadie que tenga tan buena gramática como un azulejo. Me dirá usted que el gato tiene buena gramática. Es verdad, le doy razón; pero deje que se excite un gato, deje que se arranque el pellejo con otro gato sobre un tejado por la noche, y escuchará una gramática que lo dejará tieso. El ignorante cree que lo que le pone a uno los nervios de punta es el ruido que hacen los gatos al reñir. Pero no es así. Es la gramática que emplean. Pues bien, jamás he oído a ningún azulejo emplear gramática mala. Pocas veces la emplean, y cuando lo hacen, se avergüenzan como cualquier humano. Cierran el pico y se van.

Podría uno llamar pájaro al azulejo. Bueno, lo es, hasta cierto punto… porque tiene plumas y creo que no pertenece a ninguna iglesia, pero, por lo demás, es tan humano como usted. Le voy a decir por qué. Las cualidades, instintos, sentimientos e intereses del azulejo son iguales que los de los hombres. El azulejo no tiene más principios que un diputado. El azulejo miente, roba, engaña, traiciona y, cuatro veces de cada cinco, quebrantará su promesa más solemne. Lo sagrado de una obligación es algo que no podrá usted meter en la cabeza a un azulejo. Pero, además de todo esto, hay otra cosa: el azulejo puede ganarle en el uso de palabras soeces a cualquier caballero de las minas. Usted cree que el gato sabe blasfemar. Sí, es verdad; pero dele a un azulejo motivo para lucir sus poderes de reserva, ¿y dónde queda su gato? No me lo discuta. Sé bien lo que me digo. Y otra cosa: en cuanto al pequeño renglón de regañar —lo que se llama regañar genuinamente y con ganas—, el azulejo da ciento y raya a todo lo humano y divino. Sí señor, el azulejo es todo lo que es el hombre. Puede llorar, puede reír, puede avergonzarse, puede discutir, puede, y le gusta, chismorrear y escandalizar, tiene sentido del humor y… comprende cuándo hace el burro, lo mismo que usted… y puede que mejor. Si el azulejo no es humano, que me aspen, es todo lo que puedo decir. Ahora voy a contarle un hecho verídico sobre unos azulejos.

Cuando empecé a comprender el lenguaje de los azulejos, ocurrió un pequeño incidente aquí mismo. Hace siete años, se marchó el último hombre que había en esta región, sólo quedé yo. Ahí está su casa… vacía desde entonces; una casa de troncos, con techo de tablones, una sola habitación grande, y nada más; nada de cielo raso… nada entre las vigas y el suelo. Pues bien, estaba yo sentado un domingo por la mañana delante de mi cabaña, tomando el sol en compañía de mi gato, mirando las montañas azules, escuchando el rumor solitario de las hojas en los árboles y pensando en el hogar que dejé en otros estados lejanos, del que no había sabido nada en trece años, cuando se posó un azulejo sobre esa casa con una bellota en el pico y dijo:

—Hola, me parece que he dado con algo bueno.

Al hablar, se le cayó la bellota y fue rodando por el tejado, como es natural, pero no le importó: tenía la mente puesta en lo que había encontrado. Era el agujero de un nudo que había en una madera del techo. Ladeó la cabeza, cerró un ojo y acercó el otro al agujero como una zarigüeya que se asoma a un jarro; luego miró hacia arriba con sus brillantes ojos; hizo un guiño o dos con sus alas —revoloteó, que significa alegría, para que usted lo sepa—, y dijo:

—Parece un agujero, está situado como un agujero… ¡vaya si no es un agujero!

Entonces agachó la cabeza y echó otra ojeada; miró hacia arriba de nuevo, lleno de alborozo; guiñó ahora con las alas y la cola a la vez y dijo:

—Oh, no, no es cosa de broma, supongo. ¡Menuda suerte tengo!… ¡Cómo! Es un agujero de lo más elegante.

Total que vuela hasta el suelo, agarra otra vez la bellota, la sube y la deja caer por el agujero… Estaba echando la cabeza hacia atrás, con la sonrisa más beatífica en la cara, cuando de repente se quedó paralizado en actitud de escuchar y la sonrisa poco a poco desapareció de su rostro, como el aliento de una navaja bruñida, y en su lugar se reflejó el gesto más extraño de sorpresa. Entonces dijo:

—Pero si no la he oído caer…

Volvió a acercar el ojo al agujero y se quedó mirando un buen rato; levantó la cabeza y la sacudió; pasó al otro lado del pequeño boquete y miró también desde allí, volviendo a menear la cabeza. Lo estudió un rato y entró en detalles: dio una vuelta y otra y otra al agujero y lo observó bien desde todos los puntos de la brújula. Inútil. Entonces, sobre el caballete del tejado, adoptó una actitud pensativa. Se rascó la parte de atrás de la cabeza un momento con el pie derecho y, por fin, dijo:

—Bueno, es demasiado para mí, no cabe duda; tiene que ser un hueco enorme; sin embargo, no tengo tiempo para hacer el tonto por aquí. Tengo negocios que atender. Creo que es de primera… probaré, de todos modos.

Así que se puso a volar, trajo otra bellota y la dejó caer por el agujero y trató de arrimar el ojo lo más pronto posible para ver qué pasaba, pero fue demasiado tarde. De todos modos, siguió con el ojo pegado allí como un minuto; luego se incorporó, suspiró y blasfemó:

—Maldita sea, no entiendo nada de esto; nada. Sin embargo, voy a intentar de nuevo.

Buscó otra bellota e hizo lo posible por enterarse de su fin; pero no pudo. Dijo:

—Jamás había encontrado un agujero como éste; opino que es una clase totalmente nueva de agujero.

Entonces empezó a irritarse. Le dio por pasear un rato arriba y abajo por el caballete del tejado, meneando la cabeza y murmurando algo para sus adentros. Pero acabó por perder la paciencia y se insultó como un endemoniado. Nunca había visto a un pájaro tomar las cosas tan en serio. Cuando recobró la calma se acercó al boquete y miró por él hasta medio minuto. Luego sentenció:

—Eres un agujero grande, un agujero hondo, un agujero de lo más singular… pero ya he empezado a llenarte y que me… si no te lleno hasta arriba, ¡aunque me lleve cien años!

Y sin más, se fue. Jamás ha visto usted en lo que lleva de nacido cosa igual. Regresó a trabajar sin descanso; y le digo a usted que la manera como dejó caer bellotas dentro de aquel agujero durante dos horas y media fue uno de los espectáculos más interesantes y asombrosos que he presenciado. Ya no se detenía a mirar… sino que dejaba caer las bellotas e iba a buscar más. Bueno, terminó por casi no poder batir las alas; estaba como muerto. Pero, alicaído y todo, baja una vez más, trasudando como una vasija de hielo. Deposita su bellota y dice:

—¡Ahora creo que te he llenado a mi gusto!

Y se agachó para mirar. Puede creérmelo: cuando levantó la cabeza, estaba pálido de rabia. Exclamó:

—¡He apaleado por este agujero bellotas suficientes para alimentar a mi familia durante treinta años; y que me vea dentro de dos minutos en un museo, con la barriga llena de serrín, si soy capaz de distinguir una sola!

Apenas si tuvo fuerzas para treparse otra vez al caballete del tejado y apoyar la cabeza contra la chimenea para recapacitar sobre sus impresiones y despejar su mente. En un momento comprendí que lo que había interpretado en las minas como blasfemias no eran más que los rudimentos, como los llamaría usted.

Pasaba por allí otro azulejo y le escuchó en sus devociones, por lo que se detuvo a investigar qué ocurría. El afligido le narró todos los detalles y agregó:

—Ahí abajo está el agujero; si no me crees, ve y mira tú mismo.

Su compañero fue y miró. Regresó y le dijo:

—¿Cuántas me dijiste que habías metido?

—No menos de dos toneladas —le contestó el doliente.

El otro azulejo se retiró y miró otra vez. Al no poder adivinar el acertijo, gritó, y acudieron otros tres azulejos. Entre todos estuvieron examinando el agujero. Todos pidieron al doliente que repitiese el cuento. Entre todos lo discutieron y de todas aquellas cabezas emplumadas salieron tantas opiniones como de un grupo de personas humanas.

Llamaron a más azulejos; luego a otros más, hasta que, al poco tiempo, toda esta comarca pareció teñirse de azul. Debieron de ser por lo menos cinco mil; y en su vida ha oído usted más gorjeos, discusiones, charloteos y maldiciones. No hubo azulejo de todos los que acudieron que se quedara sin mirar por el agujero y emitir sobre aquel misterio una opinión más disparatada que la del pájaro que le había precedido. Examinaron además toda la casa de arriba abajo. La puerta estaba entornada y, por fin, un azulejo viejo se acercó a ella y miró adentro. Naturalmente acabó con el enigma. Allí estaban las bellotas, esparcidas por el suelo. El pájaro batió las alas y levantó el vuelo.

—¡Vengan! —exclamó—. ¡Venga aquí todo el mundo! ¡Que me ahorquen si este tonto no ha estado intentando atiborrar la casa de bellotas!

Todos se abatieron en revoloteo unánime como una nube azul y, según descendían a la puerta y miraban al interior, comprendían lo absurdo de la tarea que el primer azulejo había emprendido y se tumbaban de espaldas por la risa que les producía el espectáculo. Y al siguiente le pasaba lo mismo, y así sucesivamente.

Pues, verá usted, señor: estuvieron gorjeando allí mismo, sobre el tejado de la casa y sobre los árboles durante una hora, soltando carcajadas y comentando todo como seres humanos. Es inútil que me diga usted que los azulejos no poseen sentido del humor, porque los conozco bien. Y tengo memoria. Trajeron acá azulejos de todas las partes de los Estados Unidos para que miraran por el agujero; así lo estuvieron haciendo durante tres años en cuanto llegaba el verano. Y vinieron otros pájaros también. Todos celebraban inmediatamente lo que había ocurrido, menos una lechuza que llegó de Nueva Escocia para visitar el Yosemite, y al regresar a su tierra dijo que no comprendía la gracia del asunto. También quedó decepcionada del Yosemite."

ECONOMÍA POLÍTICA

La economía política es la base de todo buen gobierno. Los hombres más doctos de todas las épocas se han dedicado a enriquecer esta materia con...

Al llegar a este punto, fui interrumpido por el anuncio de que un desconocido deseaba verme en la puerta de entrada. Bajé y me enfrenté con él, le pregunté qué lo traía por aquí, mientras luchaba por mantener firmes las riendas de mis fogosas ideas sobre economía política y no dejar que se desbocaran o que se enredaran en sus arneses. En mi fuero interno deseaba que el desconocido estuviera en el fondo del canal con un saco de trigo sobre la cabeza. Yo estaba excitadísimo, y él en perfecta calma. Dijo que lamentaba interrumpirme, pero que, al pasar, se había dado cuenta de que necesitaba algunos pararrayos. Le dije:

—Sí, sí, continúe. ¿Y qué pasa?

Me contestó que, en efecto, no pasaba nada en particular, pero que le gustaría colocármelos. Soy bisoño en los asuntos del hogar, estoy acostumbrado a vivir en hoteles y casas de huéspedes. Como le sucede a todo el mundo en casos similares, trato de aparecer, ante los desconocidos, como muy ducho en estas cuestiones, y, en consecuencia, dije, como quien no quiere la cosa, que hacía tiempo que trataba de hacerme colocar seis u ocho pararrayos. El desconocido hizo una mueca de sorpresa y me miró inquisitivamente, pero yo conservaba la serenidad, con la idea de que, si por casualidad cometía alguna equivocación, no me atraparía por mi expresión. Él dijo que me prefería de cliente antes que a ningún otro de la ciudad. Le repuse que sí, que estaba bien, y ya había partido para seguir lidiando con mi tema favorito cuando me hizo volver para preguntar exactamente cuántas "puntas" quería colocar, en qué parte de la casa las quería y qué calidad de cable prefería. Como hombre no habituado a las exigencias del hogar, me vi en un apuro. Pero salí bastante airoso, y, quizá, ni sospechó que estaba tratando con un novicio. Le dije que pusiera ocho "puntas" en el tejado, y que utilizara la mejor calidad de cable. Contestó que podía proporcionarme el artículo "ordinario" a veinte centavos el pie, "con un baño de cobre" a veinticinco y "con chapado de cinc y enrollado en espiral" a treinta, y añadió que este último atraería un relámpago en cualquier situación y dondequiera que se dirigiese, y que "haría inofensivo su curso y apócrifo su ulterior progreso". Yo dije que "apócrifo" no era una palabra despreciable, emanando de quien procedía, pero que, al margen de la filología, me gustaba el enrollado en espiral, y que elegía aquella clase. Me respondió que podría decirme que con doscientos cincuenta pies tenía bastante, pero que para hacerlo a conciencia, realizar el trabajo mejor acabado de toda la ciudad, atraer la admiración tanto de justos como de pecadores, y obligar a que todo el mundo dijera que jamás había visto una disposición de pararrayos tan simétrica e hipotética desde que tenía uso de razón, suponía que en efecto le sería imposible hacer nada sin cuatrocientos pies, si bien, como no quería abusar, haría lo posible por reducirlos. Le repuse que utilizara cuatrocientos y que emprendiera la clase de labor que quisiera, pero que me dejara volver a mi trabajo. Por fin pude librarme de él, y después de perder media hora tratando de acomodar de nuevo mis pensamientos sobre economía política, me encontré en situación de proseguir.

…los más valiosos presentes de su genio, experiencia de la vida y conocimientos. Las grandes figuras de la jurisprudencia comercial, confraternidad internacional y desviación biológica de todas las épocas, civilizaciones y nacionalidades, desde Zoroastro hasta Horace Greeley, han…

Al llegar a este punto fui interrumpido de nuevo y requerido para bajar y seguir conferenciando con el hombre de los pararrayos. Me apresuré, hirviendo y traspuesto de pensamientos prodigiosos, concebidos en palabras de tal majestad que cada una de ellas era por sí misma una ininterrumpida procesión de sílabas de quince minutos seguidos. De nuevo me enfrenté con aquel individuo. Él, tan calmado y amable; yo, tan acalorado e histérico. Estaba de pie, en la actitud contemplativa del coloso de Rodas, con un pie encima de mis brotes de tuberosas y el otro entre los pensamientos, con las manos en las caderas, levantada el ala del sombrero, con un ojo cerrado y el otro contemplando con mirada crítica y de admiración mi chimenea principal. Dijo que aquel sí era un estado de las cosas que le hacía a uno alegrarse de vivir, y añadió:

—Juzgue por sí mismo. Dígame si ha visto usted jamás nada tan delirantemente pintoresco como ocho pararrayos en una chimenea.

Yo dije que no podía acordarme de nada que lo sobrepasara. Él replicó que, en su opinión, no había cosa en este mundo, a excepción de las cataratas del Niágara, superior a aquel espectáculo, dentro de las escenas ofrecidas por la naturaleza; y que, con total sinceridad, creía que todo cuanto se necesitaba ya para hacer de mi casa un verdadero bálsamo para los ojos era retocar un poco las otras chimeneas, y así "añadir al sorprendente coup d'œil una dulcificadora uniformidad de obra acabada, que atenuaría la natural extrañeza ante el primer coup d'état". Yo le pregunté si había aprendido a hablar así en algún libro y si había manera de conseguirlo. Él sonrió complacido, y dijo que su forma de hablar no se enseñaba en los libros, que únicamente la familiaridad con el rayo podía capacitar a uno para usar con impunidad aquel estilo conversacional. Entonces estimó que unos ocho cables más, desperdigados por mi tejado, me bastarían, y supuso que con quinientos pies de material iba a tener suficiente. Añadió que los ocho primeros habían excedido algo sus cálculos y que había requerido una pequeña cantidad más de material, unos cien pies, o cosa así. Le repuse que tenía una prisa enorme, y que deseaba que dejáramos definitivamente concluido aquel asunto para poder proseguir mi trabajo. Él contestó:

—Hubiera podido colocar estos ocho cables y seguir con mis asuntos. Hay quien lo hubiera hecho. Pero yo, no. Yo me dije: este hombre es un desconocido y moriría antes que engañarlo. No hay suficientes pararrayos en esta casa y, por principios, no me moveré de aquí hasta que haya hecho con él lo que querría que hicieran conmigo, y se lo haya expuesto así. Señor mío: mi misión está cumplida. Si el recalcitrante y deflogístico mensajero de las nubes viene a asomar su…

—No se lo tome así —dije—. Ponga los ocho restantes, añada quinientos pies de cable en espiral, haga lo que quiera y cuanto quiera, pero calme sus sufrimientos y trate de mantener sus sentimientos dentro del diccionario. Mientras tanto, si es que hemos ya llegado a un acuerdo, voy a volver a mi trabajo.

Creo que estuve, aquella vez, una hora entera tratando de volver al punto en que se encontraba la sucesión de mis ideas antes de la última intromisión, pero creo que por fin lo conseguí y pude aventurarme a proseguir.

…lidiado con esta gran materia, y los más eminentes han descubierto en ella un adversario digno, un adversario que resurge, fresco y sonriente, después de cada embestida. El gran Confucio dijo que preferiría ser un sesudo economista a jefe de policía; Cicerón repetía con frecuencia que la economía política era el mayor cumplimiento que la mente humana fuera capaz de consumar, e incluso nuestro Greeley ha dicho, vaga pero enérgicamente, que "la economía…

Aquí el hombre de los pararrayos me volvió a requerir. Descendí en un estado de ánimo muy próximo a la impaciencia. Dijo que hubiera preferido morir a interrumpirme, pero que cuando se le empleaba en un trabajo se sentía movido a hacerlo de una manera correcta y competente; que cuando terminaba, la fatiga lo arrastraba a buscar el descanso y recreo de que tan necesitado estaba, y que a ello se disponía; pero, al mirar hacia arriba, le había bastado una sola ojeada para ver que todos los cálculos habían sido ligeramente erróneos y que, si se desencadenaba alguna tormenta, aquella casa, por la que sentía ya un personal interés, se quedaría sin otra protección en la tierra que dieciséis pararrayos.

—¡Tengamos paz! —grité—. Ponga ciento cincuenta. Ponga algunos en la cocina. Ponga una docena en el establo. Póngale un par a la vaca. Póngale uno a la cocinera. Repártalos por esta maldita casa hasta que tenga el aspecto de un campo de cañas de cinc con puntas de plata enrolladas en espiral. ¡Vaya! Use todo el material que le venga en gana, y cuando no le queden ya más pararrayos, ponga cables en las escaleras, cables en los pistones, cables en las bielas, cualquier cosa que satisfaga su repugnante apetito de escenarios artificiales y traiga descanso a mi furioso cerebro y salud a mi alma lacerada.

Permaneció impasible, limitándose a sonreír pacíficamente. Luego, aquel hombre de hierro se arremangó los puños con gran delicadeza y dijo que iba a proceder a sudar la gota gorda. Pues bien, de todo esto hace tres horas. Es cuestionable que conserve todavía la calma para escribir sobre la noble disciplina de la economía política, pero no puedo resistir el deseo de probarlo, ya que es, entre toda la filosofía de este mundo, el estudio que resulta más cercano a mi corazón y al que mi cerebro tiene más aprecio.

…política es el don más excelso que el cielo haya hecho a los hombres". Cuando el disoluto aunque dotado Byron permanecía en su destierro veneciano, declaró que si pudiera ser posible volver atrás y vivir de nuevo su depravada vida, emplearía los intervalos de lucidez y serenidad no en la composición de frívolas rimas, sino en ensayos sobre economía política. Washington amó esta exquisita ciencia, y hombres tales como Baker, Beckwith, Judson y Smith están imperecederamente relacionados con ella. Incluso el imperial Homero, en el noveno libro de su Ilíada, decía:

Fiat justitia, ruat caelum,
Post mortem unum, ante bellum,
hic jacet hoc, ex—parte res,
Politicum economico est.

La grandeza de estas concepciones del anciano poeta, junto con la fortuna de la fraseología que las reviste y la sublimidad de la imaginería con que están ilustradas, han distinguido esta estrofa y la han hecho más celebrada que cualquier otra que jamás…

—Está bien. No diga una palabra más, ni una sola palabra. Limítese a presentar su cuenta y húndase en un impenetrable silencio por toda la eternidad. ¿Novecientos dólares? ¿Eso es todo? Este cheque será respetado por cualquier banco honorable de Estados Unidos. ¿Por qué se ha reunido tanta multitud en la calle? ¿Cómo? ¿Que están mirando los pararrayos? ¡Madre mía! ¿Es que no han visto jamás unos pararrayos? ¿Dice usted que no habían visto tal acumulación en una sola casa? Voy a bajar y dedicarme, con espíritu crítico, a observar esta ebullición popular de ignorancia.

Tres días más tarde

No podemos más. Durante veinticuatro horas, nuestro erizado predio fue la sensación y la comidilla de toda la ciudad. Los espectadores de los teatros bostezaban, ya que las más felices invenciones escénicas eran vulgares y triviales comparadas con mis pararrayos. Noche y día estuvo nuestra calle bloqueada por la curiosa multitud, entre la cual se encontraba mucha gente venida del campo a admirar la maravilla. Fue un bendito alivio cuando, al segundo día, sobrevino una tormenta y los rayos empezaron a "ir por" mi casa, según la frase feliz del historiador Josephus. Si así puede decirse, nos barrió el terreno. A los cinco minutos no quedaba ni un espectador en media milla a la redonda. Pero todas las casas altas hasta esa distancia estaban invadidas hasta llenar las ventanas, tejados y demás.

Y con motivo, pues todas las estrellas fugaces y los fuegos artificiales del Cuatro de Julio de toda una generación, juntos y abatiéndose simultáneamente desde el cielo en un brillante chaparrón sobre un indefenso tejado, no le hubieran ganado la mano al despliegue pirotécnico que destacaba tan magníficamente en mi casa entre la oscuridad general de la tormenta. Tal y como contamos, los rayos golpearon mi propiedad setecientas sesenta y cuatro veces en cuarenta minutos, pero cada vez tropezaban en uno de aquellos fieles postes, y bajaban por el retorcido cable hasta hundirse en la tierra, quizá antes de que pudieran sorprenderse por cómo sucedía el asunto. En todo aquel bombardeo solo se desprendió un pedazo de pizarra del tejado, y porque durante un instante los pararrayos de los alrededores estaban conduciendo todos los relámpagos que les era posible.

Desde que el mundo es mundo no se vio nada parecido. Durante todo un día y una noche, ni un solo miembro de mi familia pudo sacar la cabeza por la ventana sin que le quedara lisa como una bola de billar, ya que se le achicharraba el pelo; y espero que el lector me creerá si le digo que ninguno de nosotros se atrevió a soñar con salir de la casa. Pero al fin se terminó el terrible asedio. No quedaba ya en las nubes de nuestro cielo ni un átomo de electricidad al alcance de mis insaciables postes. Entonces me eché a la calle y reuní un grupo de osados trabajadores, y no nos dimos descanso hasta que mis posesiones fueron desprovistas de su terrible armamento, con excepción de tres pararrayos en la casa, uno en la cocina y otro en la granja, que son los que continúan allí hasta el día de hoy. Y entonces, solo entonces, se arriesgó la gente a volver a pasar por nuestra calle. Quiero hacer constar aquí, de paso, que durante aquellos horrorosos momentos no continué mi ensayo sobre economía política. Incluso ahora no estoy lo suficientemente sosegado de nervios y de seso como para volver a emprenderlo.

A QUIEN PUEDA INTERESAR:

Se necesita comprador de tres mil doscientos once pies de cable de pararrayos de la mejor calidad, chapado en cinc y enrollado en espiral, y de treinta y una puntas con extremo de plata, todo ello en tolerable estado, pues si bien está bastante usado, puede servir a la perfección para cualquier emergencia ordinaria. En caso de interesarle, diríjase a la agencia de publicidad.

EL ASISTENTE NEGRO DEL GENERAL WASHINGTON

Boceto biográfico

La parte realmente emocionante de la vida de este célebre hombre de color comenzó con su muerte; mejor dicho, las peculiaridades notables de su biografía se iniciaron con su primera muerte. Hasta entonces se había oído hablar muy poco de él, pero a partir de ese momento oímos hablar de él incesantemente; jamás dejamos de recibir noticias suyas, con intervalos regulares y seguros. Su carrera ha sido realmente excepcional, y he pensado que su historia constituiría un valioso aditamento a nuestra literatura biográfica. Por eso he cotejado con sumo cuidado los materiales para este boceto, tomándolos de fuentes auténticas, y se los presento aquí al público. He excluido severamente de estas páginas todo lo que ostenta un carácter dudoso, dado mi propósito de llevar este trabajo a las escuelas para instruir a la juventud de mi país.

El nombre del famoso asistente del general Washington era George. Después de haber servido fielmente a su ilustre amo durante medio siglo y de haber disfrutado durante todo este largo período de su alta estima y consideración, a George le tocó en suerte la dolorosa misión de depositar a su amado señor en la paz de su apacible tumba, junto al Potomac. Diez años después —en 1809— el propio George murió abrumado de años y de honores, llorado por todos los que lo conocían. La Gaceta de Boston de esa fecha se refiere a dicho suceso en los siguientes términos:

George, el asistente favorito del llorado Washington, murió en Richmond, Virginia, el martes pasado, a la madura edad de 95 años. Su inteligencia se conservó intacta y su memoria firme hasta pocos minutos antes de su fallecimiento. Estuvo presente en la asunción del mando por Washington al ser reelecto presidente, y también en sus funerales, y recordaba claramente todos los incidentes notables relacionados con esos importantes sucesos.

A partir de entonces, ya no oímos hablar del asistente favorito del general Washington hasta mayo de 1825, en cuya oportunidad vuelve a morir. Un periódico de Filadelfia habla en estos términos del triste suceso:

En Macon, Georgia, murió durante la semana pasada, a la avanzada edad de 95 años, un negro llamado George, que fue el asistente favorito del general Washington. Hasta pocas horas antes de su muerte estuvo en plena posesión de todas sus facultades y pudo recordar claramente la segunda asunción del mando por Washington, su muerte y entierro, la rendición de Cornwallis, la batalla de Trenton, las penurias y privaciones de Valley Forge, etcétera. El difunto fue seguido hasta la tumba por toda la población de Macon.

El 4 de julio de 1830, y también de 1834 y 1836, el individuo sobre el cual versa este boceto biográfico fue exhibido con gran pompa sobre la tribuna del orador del día, y en noviembre de 1840 volvió a morir. El Republicano, de Saint Louis, del 25 de dicho mes, se expresó como sigue:

Desaparece otra reliquia de la Revolución

George, antaño asistente favorito del general Washington, falleció ayer en casa del señor John Leavenworth, de esta ciudad, a la venerable edad de 95 años. Conservó el pleno dominio de sus facultades hasta la hora misma de su muerte y recordó con toda claridad la primera y segunda asunción del mando del presidente Washington, la rendición de Cornwallis, las batallas de Trenton y Monmouth, los sufrimientos del ejército patriota en Valley Forge, la proclamación de la Declaración de la Independencia, el discurso de Patrick Henry en la Cámara de Representantes de Virginia y muchas otras reminiscencias de antaño de poderoso interés. Pocas veces fue lamentado el fallecimiento de un hombre blanco como lo fue el de este anciano negro. Un numeroso público concurrió a los funerales.

Durante los diez u once años siguientes, el protagonista de este boceto biográfico apareció con intervalos en las celebraciones del 4 de julio en diversas partes del país y fue exhibido en la tribuna con lisonjero éxito. Pero al llegar el otoño de 1855 volvió a morir. Los periódicos californianos se refieren al acontecimiento en estos términos:

Desaparición de un viejo héroe

En Dutch Flat, el 7 de marzo, ha muerto a la avanzada edad de 95 años George, antaño asistente de plena confianza del general Washington. Su memoria, que no lo abandonó hasta el último momento, fue un maravilloso archivo de interesantes recuerdos. George recordaba claramente la primera y segunda asunción al mando del presidente Washington, como también su muerte, la rendición de Cornwallis, las batallas de Trenton y de Monmouth y de Bunker Hill, la proclamación de la Declaración de la Independencia y la derrota de Braddock. George era muy respetado en Dutch Flat y se calcula que en sus funerales estuvieron presentes diez mil personas.

El protagonista de este boceto murió por última vez en junio de 1864; y mientras no nos enteremos de lo contrario, es natural presumir que esta vez murió en forma definitiva. Los periódicos de Michigan se refieren de la siguiente forma al doloroso acontecimiento:

Ha desaparecido otro estimado sobreviviente de la Revolución

George, un hombre de color, que fuera antaño el asistente favorito del general Washington, murió durante la semana pasada en Detroit, a la patriarcal edad de 95 años. Al morir, su inteligencia se conservaba intacta y pudo recordar claramente la primera y segunda asunción al mando de Washington y su muerte, la rendición de Cornwallis, las batallas de Trenton y Monmouth y Bunker Hill, la proclamación de la Declaración de la Independencia, la derrota de Braddock, el lanzamiento del té en el puerto de Boston y el desembarco de los peregrinos. George murió gozando de un gran respeto general y fue seguido hasta la tumba por un público numeroso.

¡El fiel y viejo criado ha desaparecido! Jamás volveremos a verlo… hasta que aparezca de nuevo. Ha terminado, por ahora, su larga y espléndida carrera de muertes y duerme apaciblemente, como sólo duermen quienes se han ganado su descanso. George fue, en todos los sentidos, un hombre notable. Sobrellevó sus años más gallardamente que cualquier otro hombre célebre de la historia, y cuanto más vivió, más robusta fue su memoria y más vastos sus recuerdos. Si vive para volver a morir, recordará claramente el descubrimiento de América.

Creo que el antedicho resumen de su biografía es sustancialmente correcto, aunque haya muerto un par de veces en sitios oscuros donde al suceso le faltó difusión periodística. Encuentro un solo error en todas las notas necrológicas citadas y conviene rectificarlo. En todas ellas George muere uniforme e imparcialmente a los 95 años de edad. Esto es imposible. George puede haber hecho eso una vez, o quizá dos, pero no puede haber proseguido haciéndolo indefinidamente. Si admitimos que al morir por primera vez lo hizo a los 95 años de edad, debió de tener 151 al morir por última vez, en 1864. Pero su edad no se mantuvo al ritmo de sus recuerdos. Al morir por última vez, recordaba claramente el desembarco de los peregrinos, que tuvo lugar en 1620. Debió de tener unos veinte años de edad al presenciar el hecho, por cuyo motivo puede asegurarse sin temor a errores que el asistente del general Washington tenía cerca de doscientos sesenta o doscientos setenta años cuando abandonó finalmente esta vida.

Después de haber esperado un período de tiempo adecuado para comprobar si el protagonista de este boceto nos había abandonado en forma irrevocable y digna de crédito, publico ahora esta biografía con confianza y la ofrezco respetuosamente a una nación en duelo.

P. S. Me entero, por los periódicos, de que ese infame y viejo farsante acaba de volver a morir en Arkansas. Con esta, ya son seis las veces que se ha anunciado su muerte y cada vez en un sitio distinto. La muerte del asistente de Washington ha dejado de ser una novedad, ha perdido su encanto; la gente está cansada de ella: basta ya. Este negro, de buenas intenciones pero descarriado, ha obligado ya a seis ciudades distintas al gasto de sepultarlo con gran pompa y ha inducido con engaños a decenas de miles de personas a acompañarlo hasta la tumba, con la ilusión de que se les confería una distinción selecta y especial. Que permanezca sepultado ahora para siempre; y que reciba la más severa de las censuras cualquier periódico que, en cualquier tiempo futuro, le anuncie al mundo que el asistente negro favorito del general Washington acaba de volver a morir…

EL CUENTO DEL NIÑO MALO

Había una vez un niño malo cuyo nombre era Jim. Si uno es observador advertirá que en los libros de cuentos ejemplares que se leen en clase de religión los niños malos casi siempre se llaman James. Era extraño que este se llamara Jim, pero qué le vamos a hacer si así era.

Otra cosa peculiar era que su madre no estuviese enferma, que no tuviese una madre piadosa y tísica que habría preferido yacer en su tumba y descansar por fin, de no ser por el gran amor que le profesaba a su hijo, y por el temor de que, una vez se hubiese marchado, el mundo sería duro y frío con él.

La mayor parte de los niños malos de los libros de religión se llaman James, y tienen la mamá enferma, y les enseñan a rezar antes de acostarse, y los arrullan con su voz dulce y lastimera para que se duerman; luego les dan el beso de las buenas noches y se arrodillan al pie de la cabecera a sollozar. Pero en el caso de este muchacho las cosas eran diferentes: se llamaba Jim y su mamá no estaba enferma ni tenía tuberculosis ni nada por el estilo.

Al contrario, la mujer era fuerte y muy poco religiosa; es más, no se preocupaba por Jim. Decía que si se partía la nuca no se perdería gran cosa. Solo conseguía acostarlo a punta de bofetadas y jamás le daba el beso de las buenas noches; antes bien, al salir de su alcoba le jalaba las orejas.

Este niño malo se robó una vez las llaves de la despensa, se metió a hurtadillas en ella, se comió la mermelada y llenó el frasco de brea para que su madre no se diera cuenta de lo que había hecho; pero acto seguido… no se sintió mal ni oyó una vocecilla susurrarle al oído: "¿Te parece bien hacerle eso a tu madre? ¿No es acaso pecado? ¿Adónde van los niños malos que se engullen la mermelada de su santa madre?", ni tampoco, ahí solito, se hincó de rodillas y prometió no volver a hacer fechorías, ni se levantó, con el corazón liviano, pletórico de dicha, ni fue a contarle a su madre cuanto había hecho y a pedirle perdón, ni recibió su bendición acompañada de lágrimas de orgullo y de gratitud en los ojos. No; este tipo de cosas les sucede a los niños malos de los libros; pero a Jim le pasó algo muy diferente: se devoró la mermelada, y dijo, con su modo de expresarse, tan pérfido y vulgar, que estaba "deliciosa";

metió la brea, y dijo que esta también estaría deliciosa, y, muerto de la risa, pensó que cuando la vieja se levantara y descubriera su artimaña, iba a llorar de la rabia. Y cuando, en efecto, la descubrió, aunque se hizo el que nada sabía, ella le pegó tremendos correazos, y fue él quien lloró.

Una vez se encaramó a un árbol de manzana del granjero Acorn para robar manzanas, y la rama no se quebró, ni se cayó él, ni se quebró el brazo, ni el enorme perro del granjero le destrozó la ropa, ni languideció en su lecho de enfermo durante varias semanas, ni se arrepintió, ni se volvió bueno. Oh, no; robó todas las manzanas que quiso y descendió sano y salvo; se quedó esperando al cachorro, y cuando este lo atacó, le pegó un ladrillazo. Qué raro… nada así acontece en esos libros sentimentales, de lomos jaspeados e ilustraciones de hombres en levitas, sombrero de copa y pantalones muy cortos, y de mujeres con vestidos que tienen la cintura debajo de los brazos y que no se ponen aros en el miriñaque. Nada parecido a lo que sucede en los libros de las clases de religión.

Una vez le robó el cortaplumas al profesor, y, temiendo ser descubierto y castigado, se lo metió en la gorra a George Wilson… el pobre hijo de la viuda Wilson, el niño sanote, el niñito bueno del pueblo, el que siempre obedecía a su madre, el que jamás decía una mentira, al que le encantaba estudiar y le fascinaban las clases de religión de los domingos. Y cuando se le cayó la navaja de la gorra, y el pobre George agachó la cabeza y se sonrojó, como sintiéndose culpable, y el maestro ofendido lo acusó del robo, y ya iba a dejar caer la vara de castigo sobre sus hombros temblorosos, no apareció de pronto un juez de paz de peluca blanca, para pasmo de todos, que dijera indignado:

—No castigue usted a este noble muchacho… ¡Aquel es el solapado culpable!: pasaba yo junto a la puerta del colegio en el recreo, y aunque nadie me vio, yo sí fui testigo del robo.

Y, así, a Jim no lo reprendieron, ni el venerable juez les leyó un sermón a los compungidos colegiales, ni se llevó a George de la mano y dijo que tal muchacho merecía un premio, ni le pidió después que se fuera a vivir con él para que le barriera el despacho, le encendiera el fuego, hiciera sus recados, picara leña, estudiara leyes, le ayudara a su esposa con las labores hogareñas, empleara el resto del tiempo jugando, se ganara cuarenta centavos mensuales y fuera feliz. No; en los libros habría sucedido así, pero eso no le pasó a Jim. Ningún entrometido vejete de juez pasó ni armó un lío, de manera que George, el niño modelo, recibió su buena zurra y Jim se regocijó porque, como bien lo saben ustedes, detestaba a los muchachos sanos, y decía que este era un imbécil. Tal era el grosero lenguaje de este muchacho malo y negligente.

Pero lo más extraño que le sucediera jamás a Jim fue que un domingo salió en un bote y no se ahogó; y otra vez, atrapado en una tormenta cuando pescaba, también en domingo, no le cayó un rayo. Vaya, vaya; podría uno ponerse a buscar en todos los libros de moral, desde este momento hasta las próximas Navidades, y jamás hallaría algo así. Oh, no; descubriría que indefectiblemente cuanto muchacho malo sale a pasear en bote un domingo se ahoga: y a cuantos los atrapa una tempestad cuando pescan los domingos infaliblemente les cae un rayo. Los botes que llevan muchachos malos siempre se vuelcan en domingo, y siempre hay tormentas cuando los muchachos malos salen a pescar en sábado. No logro comprender cómo diablos se escapó este Jim. ¿Será que estaba hechizado? Sí… esa debe ser la razón.

La vida de Jim era encantadora, así de sencillo. Nada le hacía daño. Llegó al extremo de darle un taco de tabaco al elefante del zoológico y este no le tumbó la cabeza con la trompa. En la despensa buscó esencia de hierbabuena, y no se equivocó ni se tomó el ácido muriático. Robó el arma de su padre y salió a cazar el sábado, y no se voló tres o cuatro dedos. Se enojó y le pegó un puñetazo a su hermanita en la sien, y ella no quedó enferma, ni sufriendo durante muchos y muy largos días de verano, ni murió con tiernas palabras de perdón en los labios, que redoblaran la angustia del corazón roto del niño. Oh, no; la niña recuperó su salud.

Al cabo del tiempo, Jim escapó y se hizo a la mar, y al volver no se encontró solo y triste en este mundo porque todos sus seres amados reposaran ya en el cementerio, y el hogar de su juventud estuviera en decadencia, cubierto de hiedra y todo destartalado. Oh, no; volvió a casa borracho como una cuba y lo primero que le tocó hacer fue presentarse a la comisaría.

Con el paso del tiempo se hizo mayor y se casó, tuvo una familia numerosa; una noche los mató a todos con un hacha, y se volvió rico a punta de estafas y fraudes. Hoy en día es el canalla más pérfido de su pueblo natal, es universalmente respetado y es miembro del Concejo Municipal. Fácil es ver que en los libros de religión jamás hubo un James malo con tan buena estrella como la de este pecador de Jim con su vida encantadora.

EL DESVENTURADO PROMETIDO DE AURELIA

Los hechos que voy a relatar se hallan consignados en una carta que me dirige cierta señora residente en la hermosa ciudad de San José. No conozco a la autora de la misiva. Fírmase Aurelia María, lo que bien pudiera ser un seudónimo. Como este es un detalle que en nada afecta el interés del relato, debo no parar mientes en él y abordar de lleno el asunto. Según puedo colegir por la simple lectura del documento, la joven Aurelia ha sufrido mucho en el mundo, y además se encuentra sin saber qué hacerse en un momento decisivo de su vida. Quiere contraer matrimonio; pero, de una parte, se lo impiden consejos más o menos interesados de amigos y parientes, y de otra, dificultades de un género nuevo en absoluto. A pesar de los pesares, insiste en casarse, y creyendo que mi opinión ha de sacarla del aprieto, me escribe solicitándola, por cierto con elocuencia capaz de conmover a una estatua.

Sepan, ahora, la triste historia de Aurelia. Acababa de cumplir dieciséis años cuando encontró en su camino a un guapo chico de Nueva Jersey llamado Williamson Breckinridge Caruthers. Lo vio y lo amó con todo el ardor de que es capaz un corazón meridional, teniendo la suerte de ser correspondida. Juraron ser el uno del otro, con el consentimiento de sus respectivas familias, y durante algún tiempo fueron felices. Su existencia parecía hallarse caracterizada por una inmunidad contra la desgracia algo superior a la que poseen ordinariamente los humanos. De improviso, cambió la faz de la fortuna. El bello Caruthers fue atacado por la viruela negra, pero no una viruela negra benigna, sino viruela de las más virulentas y destructoras. De modo que, cuando Caruthers recobró la salud, parecía su cara un plano en relieve de las Montañas Rocosas. ¡Desventurado Williamson!... ¡Su hermosura había huido para siempre!...

Aurelia pensó en un principio romper su compromiso, mas, llevada de compasión, se limitó a aplazar la boda unos meses, dejando al pobre Caruthers tranquilo y lleno de dulces ilusiones. La víspera del día fijado para el matrimonio, Breckinridge, que contemplaba distraídamente el vuelo de una cometa, cayó en un pozo y se rompió una pierna. Hubo que amputársela por encima de la rodilla.

Por segunda vez intentó Aurelia libertarse de la palabra empeñada, pero no obstante volvió a triunfar el amor y quedó en suspenso la boda hasta que Williamson estuviera completamente restablecido.

Nuevo infortunio, no más leve que los anteriores, impidió la celebración del enlace. Hallábase Caruthers presenciando las salvas de artillería conmemorativas de la independencia norteamericana, cuando el disparo imprevisto de un cañón le arrebató un brazo. Tres meses después llevábase el otro, entre sus estrías, la rueda de una máquina cardadora. Al saber Aurelia esta serie de desgracias creyó morirse de desesperación. Afligíase al ver que su prometido la iba abandonando pedazo tras pedazo, y pensaba que, de seguir tal sistema de reducción, muy pronto no quedaría gran cosa de Williamson, pues ella carecía de medios para detenerlo en el funesto camino emprendido.

En su hondo padecer llegaba casi a lamentar, como el negociante que se obstina en seguir una empresa y pierde cada vez más dinero, el no haber aceptado a Breckinridge antes de que hubiera sufrido tan alarmante disminución. Sobrepúsose el afecto, decidiendo por fin Aurelia hacer frente, a toda costa, a las deplorables disposiciones de su prometido.

De nuevo se aproximó el día de la boda y, de nuevo, se amontonaron las nubes de la desilusión. El incorregible Caruthers enfermó de erisipela y perdió completamente el ojo derecho. La familia y los amigos de la joven, considerando que esta había demostrado mucha mayor obstinación generosa de la que racionalmente podía exigírsele, intervinieron por tercera o cuarta vez, y casi lograron que desistiese de su empeño. Digo «casi» porque la ruptura no llegó, por fin, a ser un hecho. Aurelia dijo que sí al escuchar los razonamientos de sus consejeros, pero luego se volvió atrás, reflexionó unos instantes y declaró que, después de todo, no daba Breckinridge ningún motivo de censura. En consecuencia, aplazóse la boda, y en el intermedio, Caruthers se rompió la otra pierna.

Fue un día negro para la generosa niña aquel en que vio a los médicos llevarse en un saco el cuarto pedazo de Williamson. Lloró como una magdalena pensando que, de día en día, iba reduciéndose la esfera de sus afectos; pero con tenacidad de mártir resistióse a las súplicas familiares y reiteró a Breckinridge su palabra de casamiento.

Pocos días antes del término fijado para la boda, ocurrió la última desdicha. En todo el año solo hubo un hombre que cayese entre las manos de los indios de Owen River; aquel hombre fue Williamson

Breckinridge Caruthers, de Nueva Jersey. El infortunado amante acudía a casa de su prometida, entregado a dulces ensueños de amor, cuando lo cazaron los pieles rojas y le mondaron el cráneo. Los crueles coleccionistas de cabelleras dejaron la cabeza de Caruthers como un queso de bola a medio raspar.

Tal es la situación del desventurado prometido de Aurelia en la actualidad. La abnegada muchacha continúa queriéndolo a pesar de todo, y de ahí que me consulte.

«¿Qué debo hacer? —dice al final de su estimable carta—. Yo amo a Williamson, o al menos, a lo que queda de Williamson. Mi familia se opone con todas sus fuerzas al matrimonio, porque mi novio, tras de hallarse imposibilitado para ganar el pan, es todavía más pobre que yo, y yo no sé lo que son cinco dólares reunidos. Ruego a usted que me saque de estas angustiosas dudas. En espera de su respuesta, etc.»

Contestar categóricamente a una pregunta de esa naturaleza es algo más difícil de lo que parece. Se trata de dar una respuesta clara, terminante, sin ambigüedades. Va en ello la suerte y quizá la vida de una mujer y de casi las dos terceras partes de un hombre. A mi juicio, fuera asumir enorme responsabilidad contestar haciendo una indicación vaga y solo con el deseo egoísta de salir del paso.

Vamos a ver: ¿costaría mucho la reconstrucción completa de Breckinridge? Porque de ser cosa económica, podríamos intentar algo en ese sentido, destinando parte de mis economías a la compra de dos brazos, dos piernas, una peluca y un ojo de cristal, con destino al buen Williamson. Creo que todos saldríamos ganando algo: él quedaría muy presentable, la novia muy contenta y yo muy satisfecho de haber contribuido a la felicidad de dos seres que se aman. Hecha la reconstrucción, que conceda mi comunicante a su adorado un plazo improrrogable de noventa días, con objeto de que se habitúe al uso de sus nuevas adquisiciones, y si en ese término Breckinridge no se deja los sesos en alguna parte, que se casen benditos de Dios.

Así, pues, apreciabilísima señorita, si su prometido cede aún a esa su tentación extraña de fracturarse algo cada vez que encuentra oportunidad favorable, su próxima experiencia le será seguramente fatal, y en tal caso quedará usted tranquila para siempre. Suponiendo que se hayan ustedes casado al ocurrir la catástrofe, heredará usted por derecho propio las piernas, los brazos y otras menudencias del difunto. Entonces, en realidad, solo perdería usted el último trozo viviente de un marido honrado y desgraciadísimo que dedicó su vida a satisfacer incomprensibles instintos de destrucción. Intente usted la prueba, señorita. He meditado el asunto y crea usted que es la única solución razonable. Claro es que Caruthers hubiera procedido cuerdamente empezando por estrellarse los sesos. Pero, puesto que ha elegido otro sistema, queriendo, sin duda, prolongarse todo lo posible, no tenemos derecho a mezclarnos en cuestiones íntimas. Saque usted el mejor partido de las circunstancias y piense que quizá está la felicidad conyugal en que uno de los consortes se encuentre como Breckinridge.

EL HOMBRE QUE CORROMPIÓ HADLEYBURG

I

Ocurrió hace muchísimos años. Hadleyburg era la población más honrada e íntegra de toda la región. Había conservado sin mácula esa fama durante tres generaciones, y se mostraba más orgullosa de ella que de todas sus demás riquezas. Tan orgullosa estaba, y tal anhelo sentía de asegurar su perpetuidad, que empezó a enseñar a sus bebés los principios de la honradez en los tratos desde la cuna, e hizo de esas enseñanzas el fundamento de su cultura a lo largo de todos los años consagrados a su educación.

Asimismo, se tenía cuidado de apartar del camino de los jóvenes, durante los años de su formación, lo que pudiera tentarles, a fin de que su honradez tuviera todas las oportunidades de endurecerse y solidificarse, y convertirse así en una parte de sus mismos huesos. Las poblaciones próximas sentían celos de esta honrosa supremacía y simulaban mofarse del orgullo de Hadleyburg, calificándolo de vanidad. A pesar de todo, no tenían más remedio que reconocer que Hadleyburg era de verdad una población incorruptible, y, si se les apremiaba, admitían también que el simple hecho de que un joven afirmase proceder de Hadleyburg era la única recomendación que necesitaba al salir de su ciudad natal en busca de un empleo de responsabilidad.

Pero un día, con el transcurso del tiempo, tuvo Hadleyburg la mala suerte de ofender a un forastero que iba de paso. Quizá lo hizo sin saberlo y, desde luego, sin darle importancia, porque Hadleyburg se bastaba a sí misma y le importaban un comino los forasteros y lo que pudieran pensar. Sin embargo, le habría hecho bien hacer una excepción con aquel individuo, porque era un hombre rencoroso y vengativo. Durante un año, en todas sus andanzas, conservó presente el recuerdo de la ofensa recibida y dedicó todos sus momentos de ocio a la tarea de inventar un desquite que lo compensara. Urdió muchos planes, todos ellos buenos, pero ninguno lo bastante devastador. El menos eficaz lastimaría a un gran número de personas, pero lo que aquel hombre quería era un plan que abarcara a la población entera, sin que uno de sus habitantes escapase sin daño. Al fin tuvo una idea afortunada, que, cuando surgió en su cerebro, iluminó toda su cabeza con un júbilo maligno. Empezó en el acto a trazar el plan, diciéndose: «Esto es lo que hay que hacer: yo pervertiré la ciudad».

Seis meses después se fue a Hadleyburg y llegó en un carruaje buggy a eso de las diez de la noche a la casa del viejo cajero del banco. Sacó un fardo del carruaje, se lo echó al hombro, cruzó vacilante el patio de la casa y llamó a la puerta. Una voz de mujer le contestó:

—Adelante.

El hombre entró, colocó su fardo detrás de la estufa de la sala y pidió cortésmente a la anciana que estaba leyendo El Heraldo de los Misioneros junto a la lámpara:

—Por favor, señora, seguid sentada, no la molestaré. Ya está. Ahí está muy bien oculto, nadie diría que está ahí. ¿Podría hablar un momento con vuestro esposo, señora?

No, se había marchado a Brixton, y quizá no regresase hasta la mañana siguiente.

—Perfecto, señora, no importa. Yo solo deseaba dejar a su cuidado este fardo, para que sea entregado al legítimo dueño cuando se descubra quién es. Yo soy forastero, vuestro esposo no me conoce; esta noche he venido a la ciudad solo para quitarme de encima un asunto que me trae preocupado desde hace tiempo. Mi encargo queda ya realizado, y me marcho satisfecho y un poco orgulloso. Ya no me volverá usted a ver. El fardo lleva sujeto un papel que explicará todo. Buenas noches, señora.

La anciana sintió miedo de aquel desconocido misterioso y corpulento y se alegró de verlo marchar. Pero despertó su curiosidad. Fue derecha al fardo y cogió el papel. Empezaba como sigue:

PARA SER PUBLICADO,

o para que se busque mediante indagaciones particulares al verdadero interesado, lo mismo da una cosa que otra. Este fardo contiene monedas de oro que pesan ciento sesenta libras y cuatro onzas…

—¡Dios nos valga, y pensar que la puerta no está cerrada con llave!

La señorita Richards corrió a la puerta, toda trémula, y la cerró. Acto seguido bajó las persianas de la ventana y permaneció asustada, preocupada, y preguntándose qué otra cosa podría hacer para ponerse a ella y al dinero a salvo de todo peligro. Se mantuvo al acecho durante un rato por si escuchaba ladrones, y luego se rindió a la curiosidad y volvió junto a la lámpara para terminar de leer el documento:

…Yo soy un extranjero, y me vuelvo a mi país a quedarme allí para siempre. Quedo agradecido a América por lo que he recibido de sus manos durante mi larga estancia bajo su bandera, y estoy muy especialmente agradecido a uno de sus ciudadanos, un ciudadano de Hadleyburg, por una gran fineza que tuvo conmigo hará un par de años. En realidad, no es una la fineza, sino dos. Me explicaré: yo era jugador. Digo que era. Yo era un jugador arruinado. Llegué de noche a esta población, hambriento y sin una moneda en el bolsillo. Pedí socorro en la oscuridad; sentía vergüenza por mendigar a la luz del día. Le pedí a la persona adecuada. Me dio veinte dólares, es decir, me dio la vida, o al menos así me pareció a mí. Me dio también fortuna, porque con aquel dinero me enriquecí en las mesas de juego. Por último, no se me ha ido de la cabeza, hasta el día de hoy, cierta observación que él me hizo, y que al fin ha podido más que yo y ha salvado lo que me quedaba de sentido moral. Ya no volveré a jugar. Pero no tengo la menor idea de quién era aquel hombre, y quiero encontrarlo. Quiero entregarle este dinero, para que él lo regale, lo gaste o lo guarde, según sea de su agrado. Yo solo quiero darle un testimonio de mi gratitud. Si pudiera permanecer aquí, yo mismo daría con él; pero no importa, se le encontrará. Esta es una población honrada, una población incorruptible, y yo sé que puedo confiar en ella sin temor. Ese hombre puede ser identificado por la observación que me hizo; estoy convencido de que él la recordará.

Mi plan es, pues, el siguiente: si usted prefiere realizar la investigación por su propia cuenta, hágalo. Háblele del contenido de este escrito a cualquier persona que crea que pueda ser el interesado. Si esa persona contesta: «En efecto, soy yo, el comentario que le hice fue este y este», compruébelo usted de esta manera: abra el fardo, y dentro del mismo encontrará un sobre lacrado que contiene la observación. Si lo que dice el candidato concuerda con lo contenido en el sobre, entregue usted el dinero, sin más preguntas, porque con toda seguridad se trata de la persona a quien yo busco.

Pero si prefiere que la investigación sea pública, publique el presente escrito en el periódico local, y agregue las siguientes instrucciones: el candidato deberá comparecer dentro de treinta días en el ayuntamiento a las ocho de la noche (viernes), y entregar su observación en sobre lacrado al reverendo Burgess (si él tiene la amabilidad de acceder); y que el señor Burgess rompa allí mismo los cierres del fardo, lo abra y vea si las observaciones concuerdan. Si es así, que se entregue el dinero, con mi más sincero agradecimiento, a mi bienhechor, así identificado.

La señora Richards se sentó, estremeciéndose ligeramente de emoción, y pronto se quedó embelesada en unos pensamientos de este tipo: «¡Qué cosa más extraña es esta…! ¡Y qué suerte para aquel hombre bondadoso que echó su pan sobre las aguas! ¡Ojalá hubiera sido mi marido quien lo hizo! ¡Porque somos tan pobres, tan viejos y tan pobres…!». Y después, con un suspiro: «Pero no fue mi Edward. No, no fue él quien dio a un desconocido veinte dólares. Es una lástima, ahora lo veo». Más tarde agregó con un escalofrío: «Pero ¡es dinero de un jugador! El salario del pecado: nosotros no podríamos aceptarlo, no podríamos tocarlo. No me gusta estar cerca de ese dinero, parece una profanación». Se trasladó a una silla más alejada: «Me gustaría que llegase Edward y se lo llevase al banco. Podría venir un ladrón en cualquier momento; es cosa terrible estar aquí sola con este dinero».

El señor Richards llegó a las once, y su esposa dijo:

—¡Cuánto me alegro de que hayas llegado!

Él respondió:

—Estoy cansadísimo, cansado de que no puedo más. Es cosa terrible ser pobre y, a mis años, verse obligado a realizar estos viajes agotadores. Siempre trabajando, trabajando y trabajando por un salario, convertido en esclavo de otro hombre, mientras él está repantigado en su casa con las zapatillas puestas, rodeado de riquezas y de comodidades.

—Ya sabes, Edward, que yo lo siento por ti. Pero consuélate, tenemos nuestra subsistencia, disfrutamos de buena reputación…

—Sí, Mary, y de ahí no pasamos. No hagas caso de lo que digo, ha sido nada más que un momento de irritación que nada significa. Bésame…, así, ya pasó todo, y ya no me quejo. ¿Qué te han traído? ¿Qué hay en el fardo?

Entonces su mujer le contó el gran secreto. El hombre se quedó aturdido por un momento, y luego dijo:

—¿Y pesa ciento sesenta libras? Pues esto, Mary, son cuarenta mil dólares. Date cuenta, ¡es una verdadera fortuna! No hay en el pueblo diez hombres que la tengan. Dame el papel.

Le echó un vistazo y dijo:

—¡Vaya aventura! Esto es una novela, una de esas cosas imposibles que uno lee en los libros, y jamás se tropieza en la vida. —Estaba ya interesadísimo, alegre, incluso jubiloso. Dio unos golpecitos en las mejillas de su vieja esposa y dijo con buen humor—: ¡Somos ricos,

Mary, ricos! Lo único que necesitamos hacer es enterrar el dinero y quemar el papel. Si el jugador viene alguna vez a indagar, nos limitaremos a mirarle fríamente y a decirle: «¿Qué paparruchas está usted hablando? Jamás lo hemos visto a usted ni hemos oído hablar de su fardo de oro hasta ahora». Entonces él se quedará como un estúpido, y...

—Y, entre tanto, mientras tú andas bromeando, el dinero sigue ahí, y nos estamos acercando con rapidez a la hora de los ladrones.

—Cierto. Muy bien. ¿Qué quieres que hagamos, una investigación particular? No, eso no, porque le quitaría lo que tiene de novelesco. Es preferible el método de investigación pública. ¡Piensa en el barullo que armará! Todos los demás pueblos nos tendrán envidia, porque jamás un extranjero confiaría semejante cosa a ninguna población que no fuera Hadleyburg, y ellos lo saben. Es un privilegio para nosotros. Tengo que ir ahora mismo a la imprenta, de lo contrario será demasiado tarde.

—Pero, Edward, espera, espera, no me dejes aquí sola con esto.

Pero él ya se había marchado. Aunque por poco tiempo. No lejos de su casa tropezó con el director y propietario del periódico, le entregó el papel y le dijo:

—Cox, aquí hay algo interesante para usted, publíquelo.

—Quizá sea demasiado tarde, señor Richards, pero veré qué puedo hacer.

Ya en casa, él y su mujer se sentaron para charlar otra vez sobre el cautivador misterio. No estaban en condiciones de dormir. La primera pregunta que se planteaba era esta: ¿quién podía ser el ciudadano que entregó al desconocido veinte dólares? La pregunta parecía sencilla, ambos contestaron al mismo tiempo:

—Barclay Goodson.

—Sí —dijo Richards—, pudo ser él; es un hombre que hace estas cosas, pero no hay otro parecido en el pueblo.

—Edward, en eso estarán todos de acuerdo, naturalmente en privado. Desde hace seis meses nuestro pueblo ha vuelto a ser una vez más lo que era: honrado, mezquino, mojigato y avaro.

—Eso es lo que él dijo siempre, hasta el día de su muerte; lo dijo sin recato, públicamente.

—Sí, y por eso el pueblo le tuvo inquina.

—Por supuesto, pero a él le tenía sin cuidado. Creo que fue el hombre más odiado entre nosotros, después del reverendo Burgess.

—Bueno, Burgess se lo merece, y ya no tendrá nunca aquí otra congregación de fieles. Dentro de la mezquindad, nuestro pueblo sabe valorarlo a él debidamente. ¿No te parece raro, Edward, que este forastero haya señalado a Burgess para hacer la entrega del dinero?

—Pues sí, me parece extraño. Es decir, es decir…

—¿A qué viene tanto "es decir"? ¿Es que tú también lo elegirías a él?

—Mary, quizá el forastero lo conoce mejor que este pueblo.

—¡Mucho va a ganar con ello Burgess!

El marido parecía perplejo, sin saber qué contestar. La mujer lo miraba con fijeza y esperó. Por fin, y con la vacilación de quien afirma una cosa que con seguridad será puesta en duda, dijo el señor Richards:

—Mary, Burgess no es un mal hombre.

La esposa manifestó verdadera sorpresa.

—¡Qué tonterías! —exclamó.

—No es un mal hombre. Me consta. Toda su impopularidad arranca de aquello…, de aquello que hizo tanto ruido.

—¡Naturalmente que de "aquello"! ¡Como si "aquello" no fuese bastante por sí mismo!

—Ya lo creo, ya lo creo. Pero él no fue el culpable.

—¡Qué manera de hablar la tuya! ¿Que no fue el culpable? Todo el mundo sabe que sí.

—Mary, te doy mi palabra de que es inocente.

—No lo puedo creer, y no lo creo. ¿Cómo lo sabes?

—Es una confesión. Me avergüenza, pero lo confesaré. Yo fui el único hombre al que le constaba que él era inocente. Hubiera podido salvarlo, y…, y… ya sabes qué agitado estaba el pueblo, y no tuve el valor de hacerlo. Todos se habrían vuelto contra mí. Me sentí ruin, completamente ruin; pero no me atreví, no tuve la hombría de afrontar aquello.

Mary daba muestras de estar turbada y permaneció un rato en silencio. Luego dijo, tartamudeando:

—No…, no creo que con ello hubiese salido ganando, porque es preciso…, ejem, tener en cuenta la opinión pública, hay que tener cuidado con… —Aquel era un camino difícil, y la mujer se quedó atascada, pero después de unos momentos arrancó de nuevo—: Fue una gran pena, pero…, Edward, no nos lo podíamos permitir, no podíamos de ninguna manera. ¡Te digo que yo no hubiera consentido que lo hicieses por nada del mundo!

—Nos habría hecho perder la buena voluntad de muchísima gente, Mary, y entonces…, y entonces…

—Lo que ahora me preocupa, Edward, es lo que él pensará de nosotros.

—¿Él? Él no sospecha que yo habría podido salvarlo.

—¡Cuánto me alegro de eso que dices! —exclamó la mujer, en tono de alivio—. Mientras él lo ignore, él…, él…, pues la verdad, la cosa cambia mucho. Bien mirado, yo debería haberme figurado que él no lo sabe, porque se esfuerza siempre por ser amigable con nosotros a pesar de los pocos ánimos que le damos. Más de uno me lo ha echado en cara. Ahí tienes a los Wilson, a los Wilcox y a los Harkness, que me dicen con maligno placer: «Burgess, el amigo de ustedes», porque saben que me molesta. Me agradaría que no le gustáramos, no puedo imaginar por qué razón persiste.

—Yo sí puedo explicarlo. Es otra confesión. Cuando aquello era todavía reciente y era la comidilla de todos y la ciudad se preparaba para pasearlo montado en un raíl, mi conciencia me lastimó de tal manera que no pude soportarlo, y fui a darle aviso en secreto. Por eso se ausentó él de la ciudad, y no regresó hasta que no hubo peligro.

—¡Edward! ¡Si el pueblo lo hubiese descubierto…!

—¡No digas eso! Todavía se me pone la carne de gallina cuando lo pienso. Me arrepentí un minuto después de haberlo hecho, y tuve miedo incluso de contártelo, por si tu cara lo delataba a alguien. No dormí en toda la noche por la preocupación. Pero, después de algunos días, vi que nadie sospecharía de mí, y desde entonces me alegro cuando pienso en lo que hice. Me alegro todavía, Mary, me alegro de verdad.

—Y yo también me alegro ahora, porque eso habría sido darle un trato vergonzoso. Sí, me alegro, porque, bien mirado, estabas en la obligación de hacerlo. Pero, Edward, ¿y si algún día se descubriese?

—No se descubrirá.

—¿Por qué?

—Porque todo el mundo cree que fue Goodson.

—¡Naturalmente que lo creen!

—Desde luego. Y, por supuesto, que a él le tuvo sin cuidado. Convencieron a ese pobre viejo Sawlsberry de que fuese a verlo y se lo echase en cara, y él se marchó fanfarroneando y lo hizo. Goodson lo miró de arriba abajo, como si buscase la parte del cuerpo que más podría despreciar, y le dijo: «De modo que es usted del comité de investigaciones, ¿verdad?». Sawlsberry le contestó que eso era, más o menos. «¿Y quieren detalles, o cree que se conformarán con una especie de explicación general?». «Si quieren detalles, volveré a decírselo, señor Goodson, llevaré primero la explicación general». «Perfecto, dígales usted entonces que se vayan todos al infierno; creo que eso es bastante general. Y además, Sawlsberry, le daré a usted un consejo: cuando regrese para los detalles, tráigase un canasto para que pueda llevar a su casa los restos de usted».

—Eso es muy propio de Goodson, es su estilo. Ese hombre tenía solo una vanidad: pensaba que podía dar consejos mejor que nadie.

—Con eso quedó liquidado el asunto, y nosotros a salvo, Mary. Ya no se habló más.

—Válgame Dios, yo no lo pongo en duda.

Volvieron luego a retomar con gran interés el misterio del fardo de oro. No tardó la conversación en sufrir interrupciones, ocasionadas por el ensimismamiento de los interlocutores, que se fueron haciendo más y más frecuentes. Por último, Richards se absorbió por completo en sus pensamientos. Permaneció sentado largo rato, contemplando ausente el suelo, y al poco acentuaba sus pensamientos con débiles movimientos nerviosos de las manos que parecían demostrar molestia. Su esposa, mientras tanto, había recaído en un silencio pensativo, y sus movimientos empezaron a mostrar desasosiego y preocupación. Por último, Richards se levantó y paseó sin rumbo por la habitación, peinándose el cabello con los dedos, igual que suelen hacer los sonámbulos cuando tienen una pesadilla. Entonces pareció llegar a un propósito firme y, sin decir una palabra, se caló el sombrero y salió rápidamente de casa. Su mujer permaneció sentada, meditabunda, con la cara contraída, y pareció no darse cuenta de que estaba sola. De cuando en cuando murmuraba:

—Y no nos dejes caer en la ten…; pero…, pero ¡somos tan pobres, tan pobres!; no nos dejes caer… ¿Quién saldría perjudicado con ello?, y nadie lo sabría nunca; no nos dejes…

La voz se ahogó en balbuceos. Al poco rato levantó la vista y masculló entre asustada y alegre:

—¡Se marchó! Pero, válgame Dios, quizá llegue demasiado tarde, demasiado tarde. Quizá no, quizá ha llegado a tiempo.

Se levantó y se quedó pensando, mientras estrechaba sus manos con angustia. Un ligero escalofrío sacudió su cuerpo y exclamó, con la garganta reseca:

—Que Dios me perdone, es terrible pensar en tales cosas, pero… ¡Señor, y cómo estamos hechos, de qué manera más extraña estamos hechos!

Apagó entonces la luz, se deslizó con sigilo por el cuarto, se arrodilló junto al fardo y palpó con las manos sus costados llenos de cantos, acariciándolos amorosamente. En sus pobres ojos envejecidos había un brillo glotón. Cayó en varios accesos de ensimismamiento, y de vez en cuando parecía que volvía en sí y murmuraba:

—¡Si hubiésemos esperado! ¡Oh, si hubiésemos esperado un poco más y no nos hubiésemos precipitado!

Mientras tanto, Cox había ido a su casa desde las oficinas y le había contado a su mujer todo lo relacionado con el extraño suceso. Ambos habían intercambiado impresiones con ansiedad, y barruntaron que el difunto Goodson era el único hombre del pueblo capaz de socorrer a un extranjero necesitado con una suma tan generosa como la de veinte dólares. Hubo una pausa en su conversación y los dos se quedaron pensativos y silenciosos. Pero poco a poco se fueron poniendo nerviosos e inquietos. Por fin, la mujer dijo, como hablando para sí misma:

—Nadie conoce este secreto sino los Richards y nosotros.

El marido salió de sus meditaciones con un ligero sobresalto y miró anhelante a su mujer, que se había puesto muy pálida. Se levantó vacilando, miró furtivamente a su sombrero, luego a su mujer, como en una especie de interrogación muda. La señora Cox tragó saliva una o dos veces, se llevó la mano a la garganta y acto seguido asintió con la cabeza en lugar de hablar. Un instante después estaba sola y hablando entre dientes consigo misma.

Richards y Cox se apresuraban por las calles desiertas, viniendo de direcciones opuestas. Se tropezaron, jadeantes, al pie de las escaleras de la imprenta, y allí ambos leyeron a la luz de la noche sus rostros respectivos. Cox cuchicheó:

—¿Nadie, aparte de nosotros, lo sabe?

La respuesta, en un murmullo, fue:

—Ni un alma, palabra de honor.

—Si no fuera demasiado tarde para…

Los dos hombres echaron a correr escaleras arriba. En ese instante fueron alcanzados por un muchacho, y Cox preguntó:

—¿Eres tú, Johnny?

—Sí, señor.

—No despaches todavía el primer correo, ni ningún otro. Espera hasta que yo te lo ordene.

—Señor, salieron ya.

—¿Que salieron? —Había en el tono de esas palabras una desilusión indecible.

—Sí, señor. Hoy cambiaron el horario para Brixton y todas las poblaciones de más allá, señor. Tuve que empaquetar los periódicos veinte minutos antes de lo ordinario. Tuve que darme prisa; si hubiese tardado dos minutos más…

Los dos hombres se dieron media vuelta y se alejaron, caminando con lentitud, sin esperar a oír el resto. Ninguno de los dos habló por espacio de diez minutos. Entonces Cox dijo, con voz irritada:

—No acierto a comprender qué es lo que impulsó a usted a obrar con tal precipitación.

La contestación fue bastante humilde:

—Ahora me doy cuenta, pero no sé cómo, lo cierto es que no lo pensé hasta que fue demasiado tarde. La próxima vez…

—¡Al diablo con la próxima vez! Ni en mil años se presentará otra como esta.

Los amigos se separaron sin darse las buenas noches y se encaminaron apesadumbrados a sus casas con los andares de un hombre herido de muerte. Cuando llegaron, sus esposas se pusieron en pie de un salto y de sus labios salió un ansioso:

—¿Y bien?

Pero vieron la respuesta en sus ojos y se dejaron caer en el asiento con gran dolor, sin esperar a una respuesta en voz alta. En ambas casas se produjo una discusión bastante acalorada, lo cual era nuevo en ellas. Habían tenido antes, pero no de tal rudeza. Las discusiones de esta noche parecían plagiadas la una de la otra. La señora Richards dijo:

—Si hubieses esperado, Edward, si te hubieses parado, por lo menos, a pensar. Pero no, tuviste que salir corriendo a la imprenta y extender la noticia por todo el mundo.

—El papel decía que se publicase.

—Eso no significa nada, porque también decía que lo hicieses de forma privada, si lo preferías. ¿Es cierto o no?

—Sí, sí, es cierto; pero al pensar en lo sensacional de la noticia y en el cumplido que significaba para Hadleyburg que un extranjero tuviese en nuestro pueblo tal confianza…

—Desde luego, eso ya lo sé, pero si te hubieras detenido a pensar habrías visto que era imposible que dieses con el interesado, porque ese hombre está ya en su tumba y no ha dejado tras él hijos ni parientes, y con tal de que el dinero fuese a parar a alguien que lo necesita terriblemente, y no se perjudicase a nadie, y…, y…

No pudo seguir y rompió a llorar. Su marido buscó alguna frase reconfortante y salió con lo siguiente:

—Mary, después de todo, seguro que habrá sido mejor que lo hayamos hecho así. Tiene que ser lo mejor, eso lo sabemos. Y es preciso que recordemos que así está dispuesto por Dios.

—¡Dispuesto por Dios! Todo está dispuesto por Dios, dicen siempre los que necesitan una razón para excusar su estupidez. Pues también estuvo dispuesto por Dios que nos llegase a nosotros el dinero de esa manera extraordinaria y fuiste tú el que te entrometiste en los designios de la Providencia. ¿Quién te dio ese derecho? Has pecado, eso es lo que has hecho. Fue tu acción de una presunción blasfema, que desmerece a quien dice profesar mansa y humildemente la…

—Pero, Mary, tú sabes lo que nos han enseñado durante toda la vida, lo mismo que a todo el pueblo, hasta que ha llegado a ser en nosotros una segunda naturaleza no detenernos un solo instante a pensar cuando se trata de realizar una acción honrada.

—Ya lo sé, ya lo sé, nos hemos pasado la vida en un eterno entrenar y entrenar y entrenar en la honradez. Hemos vivido desde la misma cuna protegidos contra toda seducción posible, por lo que nuestra honradez es artificial y tan débil como el agua cuando llega la tentación, como lo hemos visto esta noche. Bien sabe Dios que jamás tuve ni siquiera la sombra de una duda acerca de mi pétrea e indestructible honradez hasta ahora. Y ahora, al sentir la primera tentación fuerte y auténtica, yo… Edward, estoy convencida de que la honradez de este pueblo está tan corrompida como la mía y tanto como la tuya. Nuestro pueblo es mezquino, duro de corazón y tacaño, y no tiene otra virtud más que esta honradez tan renombrada y de la que tan vanidosos nos sentimos. Por eso, créeme que si llega un día en que esa honradez caiga por efecto de una gran tentación, toda nuestra fama se derrumbará como un castillo de naipes. Ahí está, he confesado y me siento mejor. Soy una embaucadora, y lo he sido toda mi vida, sin saberlo. No consentiré que nadie me vuelva a llamar honrada. No pasaré por ello.

—Pues, Mary, la verdad es que me siento como tú. También a mí me resulta extraño, muy extraño. Jamás lo hubiera creído.

Siguió un largo silencio. Los dos esposos estaban sumidos en sus meditaciones. Por fin, la esposa alzó la vista y dijo:

—Ya sé lo que estás pensando, Edward.

El señor Richards tenía el aspecto avergonzado de quien se siente cazado.

—Me da vergüenza tener que confesarlo, Mary, pero…

—No te preocupes, Edward, yo estaba pensando lo mismo.

—Quizá sí. Dime lo que pensabas.

—Tú pensabas que si uno pudiera adivinar cuál fue el consejo que Goodson le dio al forastero…

—Eso es, ni más ni menos. Me siento culpable y avergonzado. ¿Y tú?

—Yo, ni siquiera eso. Pongamos aquí un jergón, tenemos que montar guardia hasta que abran por la mañana la caja fuerte del banco y admitan el fardo. ¡Válgame Dios, y qué equivocación hemos cometido!

Echaron el jergón en el suelo, y Mary dijo:

—¿Cuál pudo ser el «Ábrete, sésamo»? ¿Cuál pudo ser aquella observación? Bueno, acostémonos ya.

—¿Dormiremos?

—No, pensaremos.

—Sí, pensaremos.

Para entonces, también el matrimonio Cox había transitado por su pelea y su reconciliación, y se estaban yendo a la cama a pensar, pensar, agitarse, inquietarse y preocuparse por dar con la observación que Goodson dio a aquel hombre perdido y en apuros. El consejo de oro, el consejo que vale cuarenta mil dólares en moneda contante y sonante.

La razón por la que las oficinas del telégrafo del pueblo abrieron más tarde de lo normal aquella noche fue esta: el capataz del periódico de Cox era el representante local de la Associated Press. Podía decirse que era honorario, porque no llegaban a cuatro las veces que podía enviar en un año treinta palabras que le fuesen aceptadas. Esta vez no ocurrió lo mismo. El telegrama que envió dando cuenta de la noticia que había pescado tuvo inmediata contestación:

Envía relación completa, todos los detalles, mil doscientas palabras.

¡Colosal pedido! El capataz sirvió lo que le pedían y se sintió el hombre más orgulloso del estado. Al día siguiente, a la hora del desayuno, el nombre de Hadleyburg, la incorruptible, estaba en boca de toda América, desde Montreal hasta el golfo, desde los glaciares de Alaska hasta los naranjales de Florida; millones y millones de personas hablaban del extranjero y de su fardo de dinero, preguntándose si se encontraría al verdadero interesado, y esperando recibir pronto más noticias sobre el asunto, sin falta.

II

El pueblo de Hadleyburg se despertó gozando de celebridad mundial, atónito, feliz, engreído. Engreído más allá de lo imaginable. Sus diecinueve ciudadanos importantes, con sus mujeres, fueron de un lado para otro intercambiando apretones de manos, radiantes, sonrientes, felicitándose, diciéndose que aquello equivalía a agregar una palabra más al diccionario: Hadleyburg, sinónimo de incorruptible, destinada a vivir para siempre en los diccionarios. Y los ciudadanos de menor importancia, con sus mujeres, fueron y vinieron haciendo lo mismo que los demás.

Todos corrieron al banco para ver el fardo de dinero, y antes de mediodía comenzaron a acudir multitudes ofendidas y envidiosas desde Brixton y las poblaciones próximas. Aquella tarde y al día siguiente llegaron periodistas de todas partes a cerciorarse de la autenticidad del fardo y de su historia para escribirla de nuevo, hacer llamativos dibujos del talego, de la casa de Richards, del banco, de la iglesia presbiteriana, de la iglesia bautista, de la plaza pública y del ayuntamiento, en el que se haría la prueba y se entregaría el dinero, y también para sacar infames retratos de los Richards, del banquero Pinkerton, de Cox, del capataz del periódico, del reverendo Burgess, del jefe de correos, y hasta de Jack Halliday, el holgazán, bondadoso, insignificante pescador, cazador, amigo de sus amigos, benefactor de los perros abandonados y típico Sam Lawson del pueblo. El menudo, engreído y grasiento Pinkerton mostraba el fardo a cuantos llegaban, se frotaba complacido las manos enjutas y se explayaba sobre la estupenda fama de honradez que tenía el pueblo, como lo demostraba el hecho actual, que la corroboraba. Manifestaba su fe y su esperanza de que ese ejemplo se extendiese por los confines del mundo americano, hasta ser el punto de partida en materia de regeneración moral, etcétera.

Transcurrida una semana, las cosas habían vuelto ya a su cauce. La alocada borrachera de orgullo y de júbilo se había apaciguado hasta convertirse en una satisfacción suave, dulce y callada, en una especie de gozo profundo, innominado, indecible. Todas las caras rebosaban paz y santa felicidad.

De pronto sobrevino un cambio. Fue un cambio gradual, tanto que apenas si se advirtieron sus comienzos. Quizá nadie los advirtió, salvo Jack Halliday, a quien nada se le escapaba y que era también quien lo tomaba todo a guasa, fuera lo que fuese. Empezó a lanzar pullas sobre si la gente no parecía tan feliz como uno o dos días antes; después se empeñó en decir que ese nuevo talante se estaba convirtiendo en clara tristeza; a continuación, que aquello tomaba un mal cariz; y acabó afirmando que todos se habían vuelto tan huraños, pensativos y distraídos que podría robar al hombre más mezquino del pueblo una moneda de un centavo de lo más hondo del bolsillo del pantalón sin que saliese de su ensimismamiento.

En esta etapa, o alrededor de esta etapa, los cabezas de las diecinueve principales familias dejaron caer cada uno en su casa, a la hora de acostarse, un comentario de esta clase:

—¿Cuál pudo ser la observación que hizo Goodson?

De inmediato, y con un escalofrío, contestaba su esposa:

—¡No digas eso! ¿Qué idea horrible estás maquinando en tu cabeza? ¡Por amor de Dios, olvídala!

Pero a la noche siguiente se les escapó otra vez a aquellos hombres la misma pregunta y obtuvieron idéntica respuesta. Pero menos firme.

Y la tercera noche volvieron a formular la misma pregunta en un impulso de angustia, como distraídos. Esta vez (y la siguiente) las esposas se inquietaron un poco e intentaron contestar algo. Pero no lo hicieron.

A la otra noche recuperaron el habla y contestaron, con anhelo:

—¡Si una pudiera adivinarlo!

Los comentarios de Halliday se fueron haciendo cada día más burlones, desagradables y despectivos. Se paseó por todas partes, mofándose del pueblo, individualmente y en conjunto. No había otra risa que la suya. El pueblo cayó en un vacío y un ensimismamiento huecos y dolorosos. No se lograba encontrar por ninguna parte siquiera una sonrisa. Halliday iba de un lado para otro con una caja de cigarros encima de un trípode, simulando que era una cámara. Detenía a los transeúntes, los enfocaba con ella y decía:

—¡Listo! Ponga usted una cara agradable, por favor.

Pero ni siquiera con tan graciosa ocurrencia lograba que aquellas caras alargadas mostrasen, por sorpresa, una expresión de simpatía.

Transcurrieron tres semanas. Ya solo quedaba una. Era sábado por la tarde, después de la cena. A esa hora, que había sido siempre de ajetreo y movimiento, de andar de tiendas y de canturreos, las calles estaban vacías y desoladas. Richards y su vieja esposa se encontraban retirados en su salita, tristes y meditabundos, como ya lo estaban todas las noches. Durante toda su vida habían dedicado esas horas a leer, hacer punto, charlar animadamente, hacer y recibir visitas en la vecindad; pero todo eso ya estaba muerto y enterrado desde siglos atrás, es decir, desde hacía dos o tres semanas. Ahora no hablaba nadie, nadie leía, nadie hacía visitas; todos los habitantes de la aldea se retraían en sus casas, entre suspiros, desasosiego y silencio, tratando de adivinar aquella observación.

El cartero dejó un sobre. Richards echó una ojeada lánguida a la dirección y al sello de correos, ambos desconocidos, y tiró la carta encima de la mesa, reanudando sus barruntos, sus miserias y sus desesperanzas en el punto en que las había dejado. Dos o tres horas más tarde, su mujer se levantó con muestras de aburrimiento y se marchaba ya a la cama sin dar las buenas noches, cosa ahora corriente, pero se detuvo cerca de la carta, la contempló un momento sin ningún interés, abrió el sobre y empezó a leerla por encima. Richards, que estaba sentado con la silla reclinada en la pared y con la barbilla entre las rodillas, oyó caer algo al suelo. Era su mujer. El marido se acercó de un salto, pero ella gritó:

—¡No me toques, que soy demasiado feliz! ¡Lee la carta, léela!

La leyó. La devoró, con la cabeza dándole vueltas. La carta procedía de un estado lejano y decía:

Soy un desconocido para usted, pero no importa. Tengo algo que decirle. Acabo de llegar a mi hogar procedente de México y me he enterado del episodio en cuestión. Como es natural, usted ignora quién hizo aquella observación, pero yo lo sé y soy la única persona viviente que lo sabe. Fue Goodson. Nos conocimos bien, hace muchos años. Aquella noche pasaba yo por su pueblo, y fui huésped en la casa de Goodson hasta que llegara el tren de medianoche. Lo oí cuando hacía aquella advertencia al forastero en la oscuridad, en Hale Alley. Goodson y yo hablamos del asunto de camino a su casa, y mientras fumábamos en su salón. Mencionó en la conversación los nombres de muchos convecinos de usted, de la mayoría de los cuales se expresó en forma muy poco favorable, exceptuando a dos o tres. Entre estos últimos estaba usted.

Digo que se expresó favorablemente, nada más que eso. Recuerdo que afirmó que no le gustaba ninguna persona del pueblo, ni una sola, pero que usted (yo creo que fue a usted a quien se refirió, estoy casi seguro) le había hecho en cierta ocasión un favor muy grande, quizá sin darse cuenta de todo su valor, y que le gustaría disponer de una fortuna para poder dejársela a usted cuando él falleciese, así como una maldición para cada uno del resto de los ciudadanos. Entonces: si en efecto fue usted quien le hizo ese favor, es también su heredero legítimo y a quien corresponde el fardo de oro. Yo sé que puedo confiar en su honor y en su honradez, porque estas virtudes son una herencia infalible de todos los ciudadanos de Hadleyburg. Por eso voy a revelarle la observación, completamente seguro de que si no es usted el hombre de quien Goodson me habló, buscará hasta que encuentre al que de verdad lo sea, a fin de que la deuda de gratitud que con él tenía contraída el pobre Goodson quede pagada. Esta es la advertencia: "Está usted lejos de ser una mala persona; siga su camino y corríjase."

HOWARD L. STEPHENSON

—¡Oh, Edward, el dinero es nuestro! ¡Qué agradecida estoy; oh, qué agradecida! Bésame, querido, hace una eternidad que no nos besamos, y necesitamos tanto el dinero… Desde ahora eres libre de Pinkerton y de su banco, y ya no serás nunca esclavo de nadie. Siento tal alegría que me parece que me han nacido alas.

El matrimonio pasó media hora de felicidad en el sofá, acariciándose. Era como si hubiesen vuelto los viejos tiempos, cuando iniciaron su noviazgo, y que duraron sin interrupción hasta el día en que el forastero trajo el dinero fatal. Al rato dijo la mujer:

—¡Oh, Edward, qué suerte que le hicieses ese gran favor al pobre Goodson! Yo no le tuve nunca simpatía, pero ahora siento amor por él. Además, fue algo magnífico y hermoso por tu parte no hablar ni jactarte del asunto. —Acto seguido, y con tono de censura, agregó—: Pero a mí sí que debiste decírmelo, Edward, a tu mujercita sí que debiste decírselo.

—Pues verás, Mary, es que yo, bueno…

—Basta ya de titubeos y de que se te trabe la lengua, explícamelo todo, Edward. Siempre te he querido, y ahora me siento orgullosa de ti. Todo el mundo cree que en este pueblo solo hay un alma buena y generosa, y ahora resulta que esa alma eres tú, Edward. ¿Por qué no me lo cuentas?

—Pues verás…, ejem… ¡No puedo, Mary!

—¿Que no puedes? ¿Por qué no puedes?

—Verás, es que él…, ejem…; bueno, él me hizo prometer que no lo contaría a nadie.

La esposa lo miró de arriba abajo y dijo muy despacio:

—¿Dices que… te hizo prometer? ¿Para qué me dices esto, Edward?

—¿Es que me crees capaz de mentir, Mary?

Ella se quedó turbada y en silencio durante un instante, y luego dejó reposar su mano dentro de la de su marido y dijo:

—No, no. Es que ya no estamos en nuestros cabales, ¡que Dios nos perdone! En toda tu vida has dicho una mentira. Pero ahora, ahora parece como si se derrumbasen bajo nuestros pies los cimientos de las cosas, y nosotros, nosotros… —Se atragantó un instante, y luego exclamó con voz entrecortada—: No nos dejes caer en la tentación. Edward, yo creo que hiciste esa promesa. Dejémoslo estar. Apartémonos de un terreno semejante. Ya pasó todo. Seamos otra vez felices, no es este momento para nubarrones.

A Edward le costó algún esfuerzo hacer lo que le decía su esposa, porque su pensamiento seguía divagando en un afán por acordarse del favor que él había hecho a Goodson.

El matrimonio pasó despierto la mayor parte de la noche. Mary, feliz y atareada, y Edward, atareado, pero no tan feliz. Mary hacía planes sobre lo que haría con su dinero. Edward seguía esforzándose por recordar aquel favor. Al principio sintió remordimientos de conciencia por la mentira que había dicho a Mary, si es que lo era. Después de mucho meditar se dijo: «Supongamos que era una mentira. ¿Y qué? ¿Tanta importancia tiene? ¿No actuamos siempre a base de mentiras? ¿Por qué, pues, no decirlas? Fíjate en Mary, fíjate en qué habría hecho. ¿Qué pensaba ella mientras yo corría a cumplir honradamente con el encargo del forastero? ¡Se lamentaba de que no hubiese destruido los documentos y nos hubiésemos podido quedar con el dinero! ¿Es, acaso, mejor robar que mentir?».

Esa cuestión alivió su pesar, la mentira quedó relegada a último término y dejó paso a la tranquilidad. Entonces apareció otro asunto: ¿había él, en efecto, hecho aquel favor? Allí estaba la afirmación misma de Goodson, tal como Stephenson la reproducía en su carta. No era posible demostración mejor que aquella, de hecho era una prueba terminante. Por supuesto. Quedaba, pues, resuelto este punto. Aunque no, no del todo. Recordó con un ligero respingo que el desconocido señor Stephenson se mostraba una pizca inseguro sobre si quien hizo aquel favor había sido él u otra persona, y apelaba nada menos que a su honor.

Era él mismo quien tenía que decidir a quién había de ir a parar el dinero, y el señor Stephenson no dudaba de que, si él no era la persona apropiada, se portaría como hombre de honor y descubriría al interesado. La verdad, resultaba odioso colocar a un hombre en esa situación. ¿Por qué Stephenson no se callaría sus dudas? ¿Por qué se le ocurrió importunar con ellas?

Siguió meditando. ¿Por qué Stephenson mantuvo en la memoria el apellido Richards como el que correspondía al hombre que había hecho el favor, y no el de nadie más? Eso presentaba buen aspecto. Sí, eso presentaba muy buen aspecto. Y cada vez lo presentó mejor y mejor, hasta que se convirtió en prueba terminante. Entonces Richards apartó por fin el tema de sus pensamientos, porque un instinto secreto le decía que, una vez demostrada una prueba, lo mejor era no volver a tocarla.

Se sentía ya razonablemente tranquilo, pero otro detalle más pugnaba por su consideración. Desde luego, él había hecho ese favor; sobre ese punto no cabía duda. Pero ¿cuál fue? Tenía que recordarlo. No se dormiría hasta que lo hubiese hecho, de ese modo sería completa la paz de su alma. Y le dio vueltas y vueltas a la cabeza. Pensó en una docena de cosas distintas, posibles o probables. Pero ninguna parecía un favor proporcional, un favor lo suficientemente grande, un favor que mereciese tamaña recompensa, que fuese digna de la fortuna que Goodson deseó dejarle en su testamento. Y, de todos modos, Richards no podía recordar haber realizado ninguno de ellos. Bueno, bueno: ¿qué género de favor podía ser el que despertase en un hombre aquel agradecimiento tan desbordante?

Ya está: ¡era la salvación de su alma! Eso debía de ser. Sí, Richards recordaba con cuánto empeño acometió en una ocasión la tarea de convertir a Goodson y que empeñó en esa empresa lo menos…, iba a decir tres meses, pero, meditándolo mejor, lo fue achicando hasta un mes; luego hasta una semana; a continuación, hasta un día; y, finalmente, lo redujo a cero. Sí, ahora lo recordaba, y con desagradable vivacidad, que Goodson le contestó que se fuese de allí en mala hora, y que se preocupase de sus propios asuntos, ¡porque él no quería seguir a los de Hadleyburg ni siquiera al cielo!

De modo, pues, que esa solución resultó un fracaso, porque él no había salvado el alma de Goodson. Se sintió descorazonado. Pero, poco después, se le ocurrió otra idea: ¿habría él salvado los bienes de Goodson? No, tampoco eso, porque Goodson no tenía nada. ¿Y su vida? ¡Ahí estaba! ¡Por supuesto! Pero ¿cómo no se le había ocurrido pensar antes en eso? Esta vez sí que estaba sobre la pista adecuada. El molino de su imaginación se lanzó enseguida a trabajar con ahínco.

Desde ese momento se consagró, por espacio de dos horas agotadoras, a salvar la vida de Goodson. La salvó de toda clase de maneras difíciles y peligrosas. En todas ellas la salvó satisfactoriamente hasta cierto punto, pero justo cuando empezaba a convencerse de que había sucedido, surgía de pronto un detalle que lo echaba todo a perder, y hacía la cosa imposible. Por ejemplo, cuando estuvo a punto de ahogarse. Richards salió nadando y arrastró a Goodson a tierra en un estado de inconsciencia, mientras una gran multitud miraba y aplaudía. Pero cuando lo tuvo todo pensado y empezaron a acudir a su memoria los detalles, surgió sobre el asunto un verdadero enjambre de puntos contradictorios. Si aquello hubiese ocurrido, toda la población se habría enterado, Mary también, y la cosa brillaría en la memoria de Richards como un faro luminoso, en lugar de presentársele como un favor sin importancia, que quizá le prestó «sin darse cuenta de todo su valor». Y, llegado a ese punto, Richards recordó de pronto que él no sabía nadar.

Pero ¡ah! Había un punto que se le había pasado por alto desde el principio: tenía que tratarse de un favor que él le había prestado «sin darse cuenta de todo su valor». Por ahí era por donde tenía que seguir para encontrarlo con facilidad. Sí, esa era una pista más fácil que todas las demás. Y, desde luego, no tardó en descubrirlo. Hacía años, muchísimos años, Goodson estuvo a punto de contraer matrimonio con una joven bonita y muy simpática, Nancy Hewitt, pero, fuera por lo que fuese, se rompió el compromiso. La joven falleció, Goodson permaneció soltero y poco a poco se le agrió el carácter y llegó a despreciar con franqueza al género humano. Muy poco después del fallecimiento de la muchacha, el pueblo descubrió, o creyó descubrir, que la difunta llevaba en las venas una cucharadita de sangre de negro. Richards elaboró durante un buen rato esos detalles, e incluso creyó recordar ciertas cosas relacionadas con los mismos, que con seguridad se le habían extraviado en la memoria por una duradera falta de atención.

Le pareció recordar con vaguedad que había sido él quien descubrió lo de la sangre de negro; que había sido él quien lo contó a sus convecinos; que estos dijeron a Goodson de dónde procedía la noticia; que, de ese modo, él había salvado a Goodson de casarse con una muchacha de color; que le había hecho este gran favor «sin darse cuenta de todo su valor». Mejor dicho, sin que ni él mismo supiese que lo había hecho, pero que Goodson lo apreciaba en toda su importancia, porque se había librado por los pelos del peligro, y murió agradecido a su bienhechor y anhelando poseer una fortuna que dejarle. Ahora lo veía todo claro y sencillo, y cuantas más vueltas le daba, más luminoso lo veía y mayor era su seguridad. Por último, cuando se acurrucó en la cama y se dispuso a dormir, satisfecho y feliz, recordó todo el asunto como si hubiese sido cosa del día anterior. Hasta rememoró con cierta confusión cómo Goodson le dijo palabras de agradecimiento. Mientras tanto, Mary había gastado ya seis mil dólares en una casa nueva y en unas pantuflas para el pastor de su iglesia, y después se había quedado dormida con gran sosiego.

Ese mismo anochecido del sábado, el cartero había entregado una carta a todos y cada uno de los restantes ciudadanos de categoría, es decir, diecinueve cartas en total. No había entre ellas dos que tuviesen el mismo sobre, ni dos cuyas direcciones estuviesen escritas con igual letra; pero las cartas que iban dentro eran todas exactamente iguales en todos los detalles, menos en uno. Eran copias idénticas de la carta recibida por Richards —letra manuscrita y todo—, y estaban todas firmadas por Stephenson; pero en lugar del apellido Richards, cada recipiendario leyó en la suya su propio apellido.

Durante toda la noche los dieciocho ciudadanos de categoría hicieron lo mismo que a esa misma hora estaba haciendo Richards, su hermano de casta, es decir, consagrando sus energías intentando recordar cuál era el servicio notable que habían hecho de un modo inconsciente a Barclay Goodson. En ninguno de los casos fue aquella una tarea distraída; sin embargo, todos tuvieron éxito.

Y mientras ellos se entregaban a tan difícil ocupación, sus mujeres se pasaron la noche gastando el dinero, cosa fácil. Durante aquella noche única, las diecinueve esposas invirtieron un promedio de siete mil dólares cada una del total de cuarenta mil que había en el talego; es decir, ciento treinta y tres mil dólares en conjunto.

Al día siguiente Jack Halliday se llevó una sorpresa. Notó que las caras de los diecinueve principales ciudadanos y de sus mujeres mostraban otra vez la expresión de felicidad sosegada y santa. No logró entenderla, ni se le ocurrieron tampoco comentarios que pudieran dañar o turbar esa felicidad. Le llegó a él, pues, el turno de sentirse descontento. Por mucho que barruntara acerca de los motivos que tenían para sentirse felices, fallaba en todos los casos después de un examen atento. Cuando tropezó con la señora Wilcox y observó la placidez radiante de su rostro, se dijo a sí mismo: «Es que le ha parido su gata».

Siguió su camino y preguntó a la cocinera; no había parido. También la cocinera se había fijado en aquella felicidad, pero ignoraba la causa.

Cuando Halliday descubrió el duplicado de aquella radiante placidez en el rostro de Barriga de Sábalo Billson —apodo que tenía en el pueblo—, tuvo la seguridad de que algún convecino de Billson se había roto la pierna; pero al investigarlo descubrió que no había ocurrido tal cosa. El éxtasis manso que descubrió en la cara de Gregory Yates solo podía significar una cosa: que se había quedado sin suegra; pero también ahí se equivocó. «En cuanto a Pinkerton, seguro que ha cobrado una moneda de diez centavos que él daba ya por perdidos». Etcétera, etcétera. En algunos casos los barruntos tenían que quedar en suspenso, pero en otros resultaban claras equivocaciones. Por último, Halliday se dijo a sí mismo: «Sea por lo que sea, el caso es que hay en Hadleyburg diecinueve familias que están, por el momento, en la gloria; ignoro lo que ha ocurrido; lo único que sé es que la Providencia no está hoy de servicio».

Cierto arquitecto y constructor originario de un estado colindante se había arriesgado hacía poco a establecer un pequeño negocio en aquella población de tan pocas perspectivas, y el rótulo de su negocio no llevaba aún colgado una semana. Todavía no tenía un solo cliente; el hombre se hallaba descorazonado y lamentando haberse establecido en semejante comunidad. Pero de pronto cambió para él la veleta. Primero una y luego otra, las esposas de dos de los ciudadanos destacados le dijeron en secreto:

—Venid a mi casa el lunes, pero nada digáis por el momento. Estamos pensando en construir…

Ese mismo día recibió once invitaciones. Aquella noche escribió a su hija y dio por nulo el compromiso que esta tenía con un estudiante. Alegó que podría hacer una boda una milla más elevada que aquella.

Pinkerton, el banquero, y dos o tres hombres que estaban en buena posición, proyectaron construir villas campestres, pero lo dejaron para un poco más adelante. Esa clase de gente no cuenta sus pollos hasta que han salido del cascarón.

Los Wilson idearon una gran novedad: un baile de disfraces. No hicieron promesas en firme, pero contaron a todas sus amistades, en el seno de la confianza, que estaban dándole vueltas a la idea y que creían que se decidirían a organizarlo, «y si lo hacemos, podéis, desde luego, daros por invitados». La gente se quedó sorprendida y se dijeron unos a otros:

—Pero ¡estos pobres Wilson se han vuelto locos! Ellos no pueden permitírselo.

Varias entre las diecinueve dijeron en secreto a sus maridos:

—Es una buena idea; no diremos nada hasta después que los Wilson den su baile barato, y entonces nosotros daremos uno que los enfermará.

Fueron corriendo los días, y la factura de los despilfarros futuros fue creciendo y creciendo, haciéndose más y más desatinada, más y más disparatada y temeraria. Empezó a parecer que cada uno de los diecinueve se disponía a gastar no solo sus cuarenta mil dólares antes de la fecha en que habían de recibirlos, sino también a endeudarse antes de cobrar el dinero. En algunos casos, aquellas gentes de cabeza ligera no se contentaron con hacer proyectos, sino que hicieron compras al fiado.

Compraron tierras, hipotecas, granjas, valores especulativos, ropas elegantes, caballos y otras cosas, pagaron la cuota de entrada y firmaron el compromiso de pago por el saldo a diez días de la fecha. En ese momento, un segundo pensamiento, ya sosegado, empezó a circular, y Halliday pudo observar que en muchas caras empezaba a retratarse una espantosa preocupación. Quedó nuevamente intrigado, sin saber a qué palo apostar. «Los gatitos de la señora Wilcox no se han muerto, puesto que no nacieron todavía; nadie se ha roto una pierna; no ha decrecido el número de suegras; nada en absoluto ha ocurrido. Este es un misterio insoluble».

Hubo también otro hombre intrigado: el reverendo Burgess. Durante días y días, adondequiera que él iba, la gente parecía seguirle, o estar al acecho de su persona; siempre que se encontraba en algún lugar apartado, podía estar seguro de que surgiría alguno de los diecinueve, le pondría a escondidas en la mano un sobre y le cuchichearía: «Para que sea abierto el viernes por la noche en la Casa Consistorial». Y luego, el susodicho se esfumaba como un criminal. El reverendo Burgess esperaba que surgiese un solo pretendiente al fardo, y llegaba hasta dudarlo en vista de que Goodson había fallecido, pero jamás se le ocurrió que tal cantidad de personas pudieran pretenderlo. Finalmente, cuando amaneció el célebre viernes, se encontró con que tenía diecinueve sobres.

III

Jamás el salón de sesiones había presentado un cuadro más distinguido. La plataforma que se alzaba al fondo estaba respaldada por una vistosa tapicería de banderas, así como la delantera de las galerías laterales. Cada tanto en las paredes colgaban guirnaldas de banderolas que cruzaban la sala, y las columnas también estaban envueltas en banderas. Todo aquello se había hecho para producir impresión en los forasteros, porque se hallarían allí presentes en número considerable, y una gran parte de ellos estarían relacionados con los periódicos. El lleno era completo. Los cuatrocientos doce asientos estaban ocupados, así como las sesenta y ocho sillas de más que se habían amontonado en los pasillos. Los escalones de la plataforma estaban ocupados, y sobre ella había asientos para algunos forasteros distinguidos. En las mesas de forma de herradura que cercaban el frente y los costados de la plataforma, había tomado asiento un numeroso pelotón de corresponsales especiales que habían acudido de todas partes. Era aquella la reunión de gentes mejor vestidas que se había visto en el pueblo. Se podían contemplar algunos atavíos bastante costosos, y en algunos de los casos las mujeres que los llevaban parecían estar poco acostumbradas a ellos. O, por lo menos, la gente del pueblo tuvo esa sensación, aunque quizá surgiese de que sabían que aquellas damas jamás habían estado en el interior de aquellos vestidos.

El fardo de oro reposaba sobre una mesita en la parte delantera de la plataforma, donde pudiera verlo toda la concurrencia. El grueso de esta lo contemplaba con un interés ardoroso, un interés que les hacía la boca agua, un interés anhelante y patético. Una minoría de diecinueve matrimonios lo contemplaba con ternura y cariño, como quien contempla una cosa de su propiedad, y la mitad masculina repetía para sus adentros los pequeños y conmovedores discursos, improvisados, de agradecimiento por los aplausos y las felicitaciones de la concurrencia que iban a pronunciar poco después. De cuando en cuando, alguno de aquellos varones sacaba del bolsillo del chaleco un papel y lo repasaba en secreto para refrescar la memoria.

Como es natural, había un runruneo de conversaciones, como siempre ocurre; pero, por último, cuando se levantó el reverendo Burgess y apoyó su mano en el fardo, se hizo tal silencio que se hubieran podido oír a los microbios mordisqueando. Relató la curiosa historia, y pasó luego a hablar en calurosos términos de la vieja y bien ganada reputación de Hadleyburg por su honradez inmaculada y del justo orgullo del pueblo por esa fama. Dijo que era esta un tesoro de inapreciable valor, y que ese valor quedaba ahora realzado de manera inestimable por mano de la Providencia, porque el reciente episodio había propagado su renombre por todos lados; y había hecho que todo el mundo americano enfocase sus miradas hacia aquel pueblo, y de su nombre, así lo esperaba y creía, un sinónimo de incorruptibilidad comercial para todos los tiempos. *[Aplausos]*

—¿Y quién ha de ser el guardián de este magnífico tesoro? ¿La comunidad? ¡No! La responsabilidad es individual, no comunal. Desde hoy en adelante, todos y cada uno de vosotros ha de ser en su propia persona su guardián especial, y erigirse individualmente responsable de que no ha de sufrir daño alguno. ¿Aceptáis, cada uno de vosotros, este gran deber? [Síes tumultuosos] Pues entonces todo va bien. Transmitídselo a vuestros hijos y a los hijos de vuestros hijos. Hoy está vuestra pureza a salvo de toda censura; cuidad de que siga estándolo. Hoy no hay persona en vuestra comunidad capaz de aventurarse a echar mano a un solo penique que no sea suyo; cuidad de manteneros en esa condición.

—¡Lo haremos, lo haremos!

—No es este lugar para establecer comparaciones entre nosotros y otros pueblos, algunos de los cuales no nos tratan con afecto. Ellos tienen sus costumbres, nosotros, las nuestras; que cada cual esté, pues, satisfecho. [Aplausos] He terminado, amigos míos. Tengo bajo mi mano un reconocimiento elocuente que hace un extranjero de lo que nosotros somos. Gracias a él, de hoy en adelante todo el mundo lo sabrá. Ignoramos quién es, pero yo le manifiesto en nombre de todos vuestra gratitud y os pido que levantéis vuestras voces en señal de aprobación.

Toda la concurrencia se levantó como un solo hombre e hizo que retumbasen los muros con el estruendo de su agradecimiento durante largos minutos. Después, se sentaron todos, y el reverendo Burgess sacó un sobre de su bolsillo. La concurrencia contuvo el aliento mientras lo abría y sacaba una hoja de papel. Leyó su contenido despacio y con solemnidad mientras el auditorio escuchaba con atención extática lo que el mágico documento decía. Cada una de sus palabras tenía el valor de un lingote de oro:

—«La observación que yo hice al extranjero en apuros fue la siguiente: "Está usted muy lejos de ser una mala persona; siga su camino y corríjase"». —Y prosiguió—: Dentro de un momento sabremos si la advertencia que aquí se transcribe corresponde a la que está oculta dentro del fardo. Si resulta que, en efecto, así es (y no tengo la menor duda), este fardo de oro pertenece a un conciudadano que de hoy en adelante comparecerá ante la nación como el símbolo de la virtud especial que ha hecho célebre a nuestro pueblo por todo el país: ¡el señor Billson!

La concurrencia se había preparado ya para estallar en un verdadero vendaval de aplausos, pero, en vez de eso, pareció atacada de parálisis. Hubo durante unos momentos un silencio profundo, seguido de una oleada de murmullos que recorrió toda la sala, que decían, más o menos, lo siguiente:

—¿Billson? ¡Vamos, eso no se aguanta por ningún lado! ¡Dar Billson a un forastero, ni a nadie, veinte dólares! ¡A otro con esos cuentos!

Al llegar a ese punto, contuvo la concurrencia el aliento otra vez, víctima de otro súbito acceso de asombro, porque descubrió que mientras en una parte del vestíbulo el diácono Billson se ponía en pie con la cabeza mansamente inclinada, hacía lo propio en otra parte el abogado Wilson. Reinó por unos momentos un silencio de perplejidad.

Todo el mundo estaba intrigado, y diecinueve parejas mostraban sorpresa e indignación.

Billson y Wilson se volvieron el uno hacia el otro y se contemplaron. Billson preguntó, burlón:

—¿Por qué se levanta usted, señor Wilson?

—Porque tengo derecho. Quizá tenga usted a bien explicar a la concurrencia por qué se levanta.

—Con muchísimo gusto. Porque yo escribí ese papel.

—¡Es una falsedad y una impudicia! Quien lo escribió fui yo.

Ahora le llegó a Burgess el turno de quedar paralizado. Se quedó mirando como alelado primero a uno de aquellos hombres y luego al otro, como si no comprendiese nada. La concurrencia estaba estupefacta. Entonces habló el abogado Wilson y dijo:

—Pido que se lea el nombre con que está firmado este papel.

Esas palabras hicieron volver en sí a la presidencia, que leyó en voz alta el nombre:

—John Wharton Billson.

—¡Ahí está! —gritó Billson—. ¿Qué tiene que decir ahora? ¿Qué clase de disculpas va usted a presentarme y va a presentar a esta concurrencia, a la que ha ofendido, por la impostura que ha querido representar?

—No hay por qué presentar disculpas, señor. En cuanto a lo demás, yo lo acuso a usted públicamente de haber sustraído mi nota al señor Burgess, y de haberla sustituido con una copia que usted firmó con su propio nombre. Solo de esa manera pudo usted hacerse con la observación. Solo yo, entre todas las personas, poseía el secreto de esa frase.

Si aquello continuaba, era probable que degenerase en escándalo. Todo el mundo advirtió con angustia que los escribas copiaban como locos. Muchas personas gritaban:

—¡Presidencia, presidencia! ¡Orden, orden!

Burgess golpeó con su mallete en la mesa y dijo:

—No nos olvidemos de las buenas formas. Es evidente que en alguna parte ha habido una equivocación, pero con seguridad que la cosa no pasa de ahí. Si el señor Wilson me dio un sobre (y ahora recuerdo que, en efecto, me lo dio), todavía lo conservo.

Sacó uno del bolsillo, lo abrió, lo miró, pareció sorprendido y preocupado y permaneció en silencio algunos momentos. Acto seguido hizo con la mano un movimiento mecánico de vaivén, se esforzó para decir algo y renunció a ello, presa del abatimiento. Varias voces gritaron:

—¡Que lo lea, que lo lea! ¿De qué se trata?

Entonces el señor Burgess, como aturdido y sonámbulo, leyó:

—«La observación que hice al desdichado forastero fue la siguiente: "Está usted lejos de ser una mala persona. —La concurrencia tenía clavados los ojos en él, llena de admiración—. Siga su camino y corríjase"».

Murmullos:

—¡Es asombroso! ¿Qué puede querer decir esto?

El presidente agregó:

—Este que he leído está firmado por Thurlow G. Wilson.

—¡Ya está! —exclamó Wilson—. Supongo que eso liquida la cuestión. Sabía con toda seguridad que mi nota había sido plagiada.

—¡Plagiada! —replicó Billson—. Yo le haré saber que ni usted ni hombre alguno de su ralea se arriesgará a…

LA PRESIDENCIA: «¡Orden, caballeros, orden! Siéntense los dos, por favor».

Ambos obedecieron, sacudiendo las cabezas y refunfuñando airadamente. La concurrencia se hallaba por completo intrigada, no sabía qué hacer en aquella curiosa circunstancia. Thompson, el sombrerero, se levantó a continuación. Le habría gustado ser uno de los diecinueve, pero no podía aspirar a tanto. Sus existencias de sombreros no bastaban para ocupar semejante posición. Dijo:

—Señor presidente, si se me permite hacer una sugerencia, ¿no sería posible que estos dos caballeros estuviesen en lo cierto? Le planteo, señor, esta pregunta: ¿puede ocurrir que ambos hayan dicho al forastero las mismas palabras? A mí me parece…

El curtidor se puso en pie y lo interrumpió. Era un hombre irritable, se creía con títulos para ser uno de los diecinueve, pero no conseguía que le reconociesen esa categoría. Eso era causa de que se mostrase siempre algo antipático en sus maneras y en su conversación. Dijo:

—¡Alto ahí, ese no es el asunto! Una cosa así podría ocurrir dos veces en un siglo, pero no lo demás. ¡Ni el uno ni el otro dieron los veinte dólares!

[Murmullos de aprobación]

BILLSON: «¡Yo se los di!».

WILLSON: «¡Yo se los di!».

A continuación, ambos se acusaron mutuamente de rateros.

LA PRESIDENCIA: «¡Orden! Siéntense, por favor. Siéntense los dos. Ninguna de las notas salió por un instante de mis manos».

UNA VOZ: «Bueno, con eso sabemos ya a qué atenernos».

EL CURTIDOR: «Señor presidente, una cosa está clara: uno de estos dos hombres debió de meterse debajo de la cama del otro para escuchar y robar los secretos íntimos. Si no resulta antiparlamentario sugerirlo, haré notar que los dos son capaces de semejante cosa».

LA PRESIDENCIA: «¡Orden! ¡Orden!».

EL CURTIDOR: «Retiro la sugerencia, señor, y me limitaré a insinuar que si uno de ellos ha oído al otro cuando revelaba a su mujer la observación, lo atraparemos de inmediato».

UNA VOZ: «¿Cómo?».

EL CURTIDOR: «Fácil. No han copiado los dos la frase en los mismos términos. Si no hubiese mediado un largo rato y una pelea llena de excitación entre las dos lecturas, lo habríais descubierto».

UNA VOZ: «Señale usted la diferencia».

EL CURTIDOR: «En la nota de Billson aparece la palabra "muy", y en la otra no».

MUCHAS VOCES: «¡Así es, está en lo cierto!».

EL CURTIDOR: «Por eso, si la presidencia quiere examinar la nota que está dentro del fardo, sabremos cuál de estos dos farsantes…».

LA PRESIDENCIA: « ¡Orden!».

EL CURTIDOR: « Cuál de estos dos aventureros…».

LA PRESIDENCIA: « ¡Orden, orden!».

EL CURTIDOR: «Cuál de estos dos caballeros [Risas y aplausos] tiene títulos suficientes para ceñirse el cinturón de campeón entre los charlatanes desvergonzados que vieron la luz en este pueblo, al que ha deshonrado y que de hoy en adelante se convertirá para él en un lugar de vergüenza».

[Aplausos entusiastas]

MUCHAS VOCES: «¡Abridlo! ¡Abrid el fardo!».

El señor Burgess hizo un corte en el fardo, metió la mano y sacó un sobre, en el que había dos notas dobladas. Y entonces dijo:

—Una lleva escrito: «Para no ser leída hasta después que lo hayan sido todas las comunicaciones dirigidas a la presidencia, si es que hay alguna». La otra dice: «La comprobación». Permítanme ustedes: «No exijo que la primera parte de la observación que me fue hecha por mi bienhechor sea reproducida con absoluta exactitud, porque no tiene nada destacado y pudo olvidarse; pero sus últimas palabras son llamativas y creo que es fácil recordarlas. Si estas no son reproducidas con exactitud, considérese al candidato como un impostor. Mi bienhechor empezó diciendo que rara vez aconsejaba él a nadie, pero que sus consejos, cuando los daba, llevaban el contraste de oro de ley. Y entonces siguió con esto, que jamás se me ha borrado de la memoria: "Está usted lejos de ser una mala persona…"».

CINCUENTA VOCES: «Cuestión resuelta. ¡El dinero es de Wilson! ¡Wilson! ¡Wilson! ¡Que hable, que hable!».

La gente saltó de sus asientos y se apelotonó alrededor de Wilson, le estrujaban la mano y lo felicitaban fervorosamente, mientras la presidencia daba golpes con el mallete y gritaba:

—¡Orden, caballeros! ¡Orden, orden! Permítanme ustedes que termine la lectura, por favor.

Cuando se restableció la calma, se reanudó la lectura, como sigue:

—«… siga su camino y corríjase, o, fíjese en mis palabras, algún día, por sus pecados, morirá usted e irá al infierno o a Hadleyburg, pero HAGA TODO LO QUE PUEDA PARA QUE SEA AL PRIMERO».

Se produjo un silencio espantoso. Las caras de los ciudadanos empezaron a cubrirse de una negra nube. Después de una pausa, la nube empezó a desaparecer y una expresión cosquilleante pugnó por sucederle. Pugnó tan enérgicamente, que solo pudo ser contenida con grandes y dolorosas dificultades. Los reporteros, los de Brixton y los otros forasteros bajaron sus cabezas y se ocultaron las caras con las manos, y lograron contenerse a fuerza de la más enérgica y heroica cortesía. En este momento, el más inoportuno, rompió el silencio el bramido de una voz solitaria, la de Jack Halliday:

—¡Esto sí que es de ley!

Entonces la concurrencia, la forastera y la de casa, se dejó ir. Hasta la seriedad del señor Burgess se vino abajo por fin, y el auditorio, al ver aquello, se consideró absuelto de forma oficial de todo freno y se aprovechó a lo grande. La carcajada que estalló fue larga y alegre y tempestuosamente cordial, pero cesó al fin, y dio tiempo suficiente al señor Burgess para recomponerse y a la gente de enjugarse un poco los ojos. Pero hubo un segundo estallido, y un tercero, hasta que Burgess pudo pronunciar estas frases severas:

—Es inútil intentar disfrazar el hecho: nos encontramos en presencia de un asunto de la mayor importancia. En él se juega el honor de nuestro pueblo, porque ataca a su buen nombre. La diferencia de una sola palabra entre las observaciones presentadas por el señor Wilson y el señor Billson es en sí misma una cosa seria, puesto que indica que uno u otro de estos caballeros es culpable de un robo.

Los dos hombres aludidos permanecían sentados, impotentes, sin energía, aplastados. Pero al oír esas palabras ambos se agitaron eléctricamente y se dispusieron a levantarse.

—¡Siéntense ustedes! —dijo la presidencia con aspereza, y los dos obedecieron—. Según decía, esto era una cosa seria. Sí, lo es, pero para uno solo de ellos. Pero el asunto se ha vuelto más grave, porque el honor de ambos se halla ahora ante un peligro tremendo. ¿Iré más lejos y diré que se trata de un peligro del que no pueden escabullirse? Ambos prescindieron de las quince palabras decisivas. —Se calló, dejó que durante algunos momentos se concentrase el silencio reinante, haciendo más profundos sus imponentes efectos, y agregó—: Solo se ve un camino para que haya podido ocurrir eso. Yo pregunto a estos caballeros: ¿hubo en ello confabulación? ¿Acaso un acuerdo?

Se alzó por toda la sala un apagado murmullo, que expresaba:

—Los atrapó a los dos.

Billson no estaba acostumbrado a esas contingencias; permaneció sentado en un irremediable desmayo. Pero Wilson era hombre de leyes. Hizo un esfuerzo y se puso en pie, pálido y desasosegado, y dijo:

—Pido la indulgencia de los aquí reunidos mientras explico este asunto tan penoso. Me duele tener que decir lo que voy a decir, ya que ello infligirá un daño irreparable al señor Billson, al que hasta este momento aprecié y respeté siempre y en cuya invulnerabilidad a la tentación he creído por completo, igual que todos vosotros. Pero debo hablar en defensa de mi honor y con franqueza. Confieso avergonzado (y ahora os suplico por ello el perdón) que yo dije al forastero en apuros todas las frases contenidas en el sobre, incluso las quince deshonrosas para el pueblo. [Sensación]. Cuando se publicó hace poco el caso las recordé y decidí reclamar el fardo de monedas porque estaba en mi derecho, desde cualquier punto de vista. Yo les pido ahora que mediten lo que sigue. Y que lo sopesen bien: aquella noche, el agradecimiento que el forastero me mostró no tuvo límites. Él mismo dijo que no le era posible encontrar palabras con las que expresarlo de manera adecuada, y que si él pudiera me lo devolvería por mil. Pues bien, yo pregunto a ustedes esto: ¿podía yo esperar (podía yo creer, siquiera remotamente) que, con tales sentimientos, sería capaz de realizar un acto tan desagradecido como el de agregar esas últimas palabras tan innecesarias al texto? ¿Que me tendería una trampa? ¿Que me sacaría a relucir como calumniador de mi propia ciudad ante los ojos de mis compatriotas reunidos en un salón público? Eso era absurdo, imposible. Su papel solo podía contener la cariñosa y primera frase de mi comentario. De eso no tenía yo ni sombra de duda. Ustedes en mi caso habrían pensado lo mismo. No habrían esperado una baja traición de una persona con la que ustedes se habían mostrado amistosos y a la que no habían ofendido en nada, y por eso, en plena confianza, con absoluta fe, escribí en el documento las primeras frases, y concluí con el «siga su camino, y corríjase», y lo firmé. En el momento en que iba a meter el papel dentro del sobre fui llamado al despacho, y sin pensarlo lo dejé abierto encima de mi escritorio. —Hizo un alto, volvió lentamente la cabeza hacia Billson, esperó un momento y agregó—: Yo pido a ustedes que se fijen en esto: cuando regresé un poco más tarde, el señor Billson salía por la puerta de la calle.

[Sensación].

Billson se puso en pie y gritó:

—¡Mentira! ¡Eso es una mentira infame!

LA PRESIDENCIA: «¡Siéntese usted, señor! El señor Wilson está en el uso de la palabra».

Los amigos de Billson lo hicieron sentar a la fuerza y lo tranquilizaron, mientras Wilson seguía diciendo:

—He ahí los hechos. Cuando volví, mi nota estaba encima de la mesa, pero en lugar distinto de donde yo la dejé. Me di cuenta de ello, pero no le di importancia, pensando que una corriente la habría arrastrado hasta allí. Que el señor Billson leyese un documento privado era cosa que a mí no me alcanzaba. Él era un hombre honrado y por encima de tales bajezas. Si ustedes me permiten decirlo, creo que con esto está explicada su palabra «muy»: puede atribuirse a un fallo de memoria. Yo soy el único hombre del mundo que puede aportar aquí todos los detalles de la observación que hay en el fardo de una manera honrada. He dicho.

No hay nada que pueda compararse a un discurso persuasivo para confundir el aparato mental, derruir las convicciones y pervertir las emociones de un auditorio que no tiene práctica en los trucos y recursos engañosos de la oratoria. Wilson tomó asiento, victorioso. La concurrencia lo sumergió en olas de aplausos aprobadores. Los amigos acudieron en enjambre a su alrededor, le estrecharon la mano, le felicitaron, abuchearon a Billson y no le permitieron decir una palabra. La presidencia no hacía otra cosa que golpear con el mallete y gritar:

—¡Caballeros, sigamos adelante!

Se logró, por fin, un grado relativo de silencio, y el sombrerero dijo:

—Pero ¿qué más queda por hacer, señor, sino entregar el dinero?

VOCES: «¡Eso es, eso es! ¡Acérquese usted, Wilson!».

EL SOMBRERERO: « Yo propongo tres hurras por el señor Wilson, símbolo de la virtud especial que…».

Los aplausos no le dejaron terminar. Mientras tanto, (también con el estruendo del mallete) algunos entusiastas levantaron a Wilson a horcajadas sobre los hombros de un amigo, y ya se lo llevaban triunfantes hacia la plataforma. De pronto, la voz de la presidencia se alzó por encima del estrépito:

—¡Orden! ¡A sus puestos cada cual! Ustedes olvidan que queda todavía un sobre por leer. —Cuando se hizo la calma le echó mano, y ya iba a abrirlo, pero volvió a dejarlo encima de la mesa, y dijo—: Me había olvidado, este sobre no hay que abrirlo hasta que se hayan leído todas las comunicaciones escritas recibidas por mí.

Entonces sacó del bolsillo otro sobre, sacó el contenido, le echó un vistazo, dio muestras de asombro, lo enseñó y lo contempló. Veinte o treinta voces gritaron:

—¿De qué se trata? ¡Que lo lea! ¡Que lo lea!

Así hizo, despacio, y lleno de estupefacción:

—«La observación que yo hice al extranjero…

VOCES: «Pero ¿qué es eso?».

—… fue esta: "Está usted lejos de ser una mala persona…

VOCES: " ¡Qué espanto!".

—… Siga su camino, y corríjase"».

UNA VOZ: «¡Que me sierren la pierna!».

—Firmado por el señor Pinkerton, el banquero.

La vorágine de regocijo que se desató entonces fue como para hacer llorar a los hombres más juiciosos y a aquellos cuyos lagrimales no habían quedado todavía exprimidos. Se rieron hasta que les corrieron las lágrimas por la cara. Los periodistas, acometidos de ataques de risa, escribieron absurdos garabatos que no podrían descifrar jamás; un perro dormido se despertó del susto y pegó un salto, fuera de sí, y se volvió loco ladrando ante aquel torbellino. Entre el barullo se cruzaron toda clase de gritos:

—¡Nos estamos haciendo ricos, ya tenemos dos modelos de incorruptibilidad! ¡Sin contar a Billson! ¡Tres! Contad también a Barriga de Sábalo... ¡Por muchos que tengamos, nunca serán bastantes! ¡Perfecto, queda elegido Billson! ¡Pobre Wilson, víctima de dos ladrones!

UNA VOZ FUERTE: «¡Silencio! La presidencia ha pescado algo más dentro de su bolsillo».

VOCES: «¡Hurra! ¿Hay algo nuevo? ¡Que lo lea!, ¡que lo lea!».

LA PRESIDENCIA [Leyendo]: «La observación que yo le hice», etcétera. «Está usted lejos de ser una mala persona. Siga...», etcétera. «Firmado, Gregory Yates».

UN HURACÁN DE VOCES: «¡Cuatro símbolos! ¡Hurra por Yates! ¡Eche usted otra vez el anzuelo!».

La concurrencia había llegado ya a los bramidos de regocijo, y estaba dispuesta a sacar de la circunstancia toda la diversión que podía dar de sí. Algunos de los diecinueve, pálidos y angustiados, se levantaron y empezaron a abrirse camino hacia las naves laterales, pero una veintena de voces gritaron a un tiempo:

—Las puertas, las puertas, cerrad las puertas. ¡Que no salga de aquí ninguno de los incorruptibles! ¡Que se sienten todos!

La orden fue obedecida.

—¡Pesque usted otra vez! ¡Lea, lea usted!

La presidencia volvió a pescar, y una vez más las frases ya familiares empezaron a salir de sus labios: «Está usted lejos de ser una mala persona».

—¡El nombre, el nombre! ¿Cuál es el nombre?

—L. Ingoldsby Sargent.

—¡Ya tenemos cinco elegidos! ¡Amontone usted los símbolos! ¡Adelante, adelante!

—«Está usted lejos de ser una mala...».

—¡El nombre, el nombre!

—Nicholas Whitworth.

—¡Hurra, hurra! ¡Este es un día simbólico!

Alguien empezó a lamentarse y a cantar la encantadora canción «Mikado», que empieza:

Cuando un hombre tiene miedo, una doncella hermosa…

El auditorio intervino lleno de júbilo, y se unió al canto. En el momento preciso, alguien contribuyó con otro verso:

Y no te olvides jamás…

La concurrencia lo siguió en coro tumultuoso. Se oyó de pronto el tercer verso:

La gente corruptible lejos de Hadleyburg está…

También lo cantaron con gran estrépito. Cuando se apagó la última nota, se dejó oír alta y clara le voz de Jack Halliday, cargada con un último verso:

Pero ¡estad seguros de que aquí están los símbolos!

Este lo bramaron con un entusiasmo desbordante. La feliz concurrencia volvió al comienzo y cantó dos veces seguidas las estrofas, con enorme impulso y aliento, y terminó con un aplastador y triple vítor, y un hurra por «¡Hadleyburg la incorruptible y por todos sus símbolos, cuyo sello de ley seamos dignos de recibir esta noche!».

Empezaron entonces otra vez los gritos a la presidencia, desde toda la sala:

—¡Adelante! ¡Adelante! ¡Lea usted! ¡Lea usted algunos más! ¡Lea todos los que tiene!

—¡Eso es, adelante! ¡Estamos ganando la fama eterna!

Una docena de hombres se pusieron en pie y empezaron a protestar, diciendo que semejante farsa era obra de algún bromista desocupado, y que constituía un insulto a toda la comunidad. Todas aquellas firmas eran sin duda alguna falsificadas.

—¡Siéntese! ¡Siéntese! ¡Cállese la boca! Está usted confesando. Ya saldrá su nombre y apellido entre el montón de papeles.

—Señor presidente, ¿cuántos de esos sobres tiene usted?

La presidencia contó.

—Contando los que han sido ya examinados, hay diecinueve.

Estalló una tempestad de aplausos burlones.

—Quizá todos ellos contienen el secreto. Propongo que los lea usted y que lea también las firmas, así como las ocho primeras palabras de cada nota.

—¿Quién apoya la moción?

Fue sometida a votación y aprobada clamorosamente. Entonces se puso en pie el viejo Richards, y junto a él se levantó también su esposa. Esta había bajado la cabeza para que nadie viese que estaba llorando. Su marido le ofreció el brazo, y prestándole apoyo, comenzó a expresarse con voz temblorosa:

—Amigos míos, ustedes nos conocen de toda la vida, a Mary y a mí, y creo que siempre nos tuvieron simpatía y respeto.

El presidente lo interrumpió:

—Permítanme. Es muy cierto, señor Richards, eso que está usted diciendo, esta población, en efecto, los conoce, siente simpatía por ustedes; más aún: los honra y los ama a ustedes…

La voz de Halliday volvió a resonar:

—¡También eso lleva el sello de ley! ¡Que la asamblea diga si el presidente está o no en lo cierto! ¡Arriba todos! ¡Vamos allá!, ¡hip, hip, hip! ¡Todos juntos!

La concurrencia se alzó en masa, se volvió con ansiedad hacia el anciano matrimonio, llenó el aire con una tempestad de nieve de ondulantes pañuelos y lanzó tres vítores con cariño cordial.

La presidencia prosiguió entonces:

—Lo que yo quería decir es esto: nosotros conocemos, señor Richards, su bondadoso corazón, pero no es este momento para ejercer la caridad con los culpables. [Gritos de: «¡Muy bien, muy bien!»] Leo el generoso propósito en su rostro, pero no puedo permitir que abogue en favor de estos hombres…

—Es que yo iba a…

—Por favor, señor Richards, siéntese. Debemos examinar el resto de las notas, la más estricta justicia para con los hombres que ya han sido expuestos a la vergüenza así lo exige. En cuanto se haya hecho esto, le doy mi palabra, será usted oído.

MUCHAS VOCES: «¡Muy bien! La presidencia está en lo cierto, no puede tolerarse a estas alturas ninguna interrupción. ¡Adelante! ¡Los nombres, los nombres! ¡Que se cumpla lo acordado en la moción!».

El anciano matrimonio se sentó a regañadientes, y el marido cuchicheó a su mujer:

—¡Qué doloroso resulta el tener que esperar! La vergüenza será mayor todavía cuando descubran que lo que pretendíamos hacer era defendernos a nosotros mismos.

En cuanto se reanudó la lectura de nombres, estalló otra vez la jovialidad a carcajadas.

—«Está usted lejos de ser una mala persona… Firmado, Robert J. Titmarsh».

—«Está usted lejos de ser una mala persona… Firmado, Eliphalet Weeks».

—«Está usted lejos de ser una mala persona… Firmado, Oscar B. Wilder».

Al llegar a ese punto, la asamblea tuvo la ocurrencia de quitarle de la boca al presidente las ocho palabras. El presidente no lo tomó mal. De allí en adelante se limitó a mostrar una tras otra las notas y a esperar. La asamblea canturreaba las ocho palabras formando un coro vibrante, rítmico y profundo, asemejándose mucho, de un modo irrespetuoso, a un himno de iglesia bien conocido. «Está usted lejos… de ser una mala… personaaa…». Y, acto seguido, la presidencia decía: «Firmado, Archibald Wilcox». Etcétera, etcétera, nombre tras nombre, y todo el mundo estaba pasando un rato agradabilísimo, salvo los desdichados diecinueve. De cuando en cuando, al citarse un nombre especialmente destacado, la concurrencia obligaba a la presidencia a esperar, mientras el coro cantaba todo el texto, desde el principio hasta las últimas palabras: «Y váyase usted al infierno o a Hadleyburg, pero haga todo lo que pueda para que sea al priii—mee—roo». Y en esos casos especiales agregaba un grandioso, angustioso e imponente «¡A—a—a—mén!».

La lista fue achicándose, achicándose, achicándose. El pobrecito Richards llevaba la cuenta, haciendo una mueca de dolor cuando se pronunciaba algún nombre parecido al suyo, y aguardando en miserable espera el momento en que gozaría del humillante privilegio de levantarse con Mary y dar fin a su defensa, que se proponía expresar de este modo: «… porque hasta ahora nunca hicimos ninguna mala acción, y hemos continuado nuestro humilde camino libres de reproches. Somos muy pobres, somos ancianos y no contamos con hijos ni parientes que nos ayuden. Nos vimos terriblemente tentados, y caímos. Cuando antes me levanté, lo hice con el propósito de hacer mi confesión y suplicar que no fuese leído mi nombre en este lugar público, porque nos parecía que eso acabaría con nosotros, pero no se me permitió. Con razón: era indispensable que sufriésemos con los demás. Ha sido muy duro para nosotros. Es la primera vez que hemos oído pronunciar nuestro nombre deshonrado. Sed misericordiosos, y tened en cuenta días mejores. Haced que nuestra vergüenza sea tan ligera de cargar como lo consienta vuestra caridad». Al llegar a ese punto, Mary le golpeó con el codo, ya que se había dado cuenta de que estaba ensimismado. La asamblea cantaba: «Está usted leeejos de…», etcétera.

—Prepárate —le cuchicheó Mary—. Ahora viene tu nombre, ha leído ya dieciocho.

Terminó el canto.

—¡El que sigue, el que sigue, el que sigue! —gritaron desde todos los puntos de la sala.

Burgess se metió la mano en el bolsillo. El viejo matrimonio, tembloroso, hizo el ademán de levantarse. Burgess titubeó y dijo:

—Me encuentro con que ya los he leído todos.

Desmayados de gozo y de sorpresa, el matrimonio se dejó caer en sus asientos y Mary susurró:

—¡Bendito sea Dios, estamos salvados! Perdió la nuestra. Ni por un centenar de esos fardos cambiaría yo esta satisfacción.

La concurrencia rompió a cantar su «Mikado» en tono de farsa, y lo hizo tres veces con un entusiasmo cada vez mayor, poniéndose en pie cuando llegó por tercera vez al verso final:

Pero ¡nos queda un símbolo, por lo menos!

Y cerró con tres vítores y un hurra de propina por «la pureza de Hadleyburg y nuestros dieciocho inmortales representantes de la misma».

Entonces Wingate, el talabartero, se levantó y propuso que se vitorease «al hombre más puro del pueblo, al único ciudadano destacado que no intentó robar aquel dinero: Edward Richards».

Se dieron los vítores con una cordialidad grandiosa y conmovedora, y alguien propuso que Richards fuese elegido guardián único y símbolo de la que era ya sagrada tradición en Hadleyburg, con poderes y derechos para alzarse y mirar a la cara al mundo burlón.

Fue aprobado por aclamación. Volvieron a cantar «Mikado» y terminaron con este verso:

¡Y nos queda un símbolo, por lo menos!

Hubo un silencio, y entonces…

UNA VOZ: «Pero, bueno, ¿a quién hay que darle el fardo?».

EL CURTIDOR [Con agrio sarcasmo]: «Eso es cosa fácil. Hay que dividir el dinero entre los dieciocho incorruptibles. Ellos entregaron al forastero necesitado veinte dólares por barba, y fíjense ustedes que lo hicieron el uno después del otro, de modo que el cortejo tardó veintidós minutos en desfilar. Proveyeron al extranjero, reunió trescientos sesenta dólares. Ellos solo piden que se les devuelva el préstamo, con los intereses. En total, cuarenta mil dólares».

MUCHAS VOCES [En tono de mofa]: «¡Eso es! ¡Dividendo, dividendo! ¡Sed compasivos con los pobres y no los tengan ustedes esperando!».

LA PRESIDENCIA: «¡Orden! Voy a leer el documento del forastero que ha quedado sin abrir. Dice así:

Si no comparece ningún pretendiente [Coro inmenso de gemidos] deseo que abra usted el talego y cuente el dinero delante de los ciudadanos más destacados del pueblo, para que ellos lo reciban en depósito [Gritos de «¡Uuu!»] y lo empleen como mejor les parezca en favor de la propagación y la conservación de la gloriosa fama de la que goza vuestra comunidad de honradez incorruptible [Más gritos], a la que sus nombres y sus esfuerzos agregarán un brillo nuevo y muy duradero.

[Estallido entusiasta de aplausos burlones]

»Parece que esto es todo. Pero no, aquí hay una posdata:

P. D.: Ciudadanos de Hadleyburg: no existe tal observación. Nadie la hizo. [Gran sensación] No hubo tal pobre forastero, ni veinte dólares de limosna, ni ninguna de las bendiciones ni cumplidos que le acompañaron. Es pura invención. [Zumbido y runrún general de asombro y de satisfacción] Permítanme relatar mi historia, que solo exigirá unas pocas frases. Pasé por su pueblo en una fecha determinada, y recibí una grave ofensa por la que nada había yo hecho por merecer. Cualquier otra persona se habría dado por satisfecha matando a uno o dos vecinos, en justo pago, pero eso habría sido para mí una venganza trivial e inadecuada, porque los muertos no sufren. Además, me sería imposible matarles a todos ustedes, y, en todo caso, dada mi manera de ser, ni aún con eso me hubiera dado por satisfecho. Quise lastimar a todos cuantos ahí viven, hombres y mujeres, y no en sus cuerpos ni en sus bienes, sino en su vanidad, que es el punto más vulnerable de todos los débiles y estúpidos. Me disfracé, pues, y regresé a su pueblo para estudiarlos de cerca. Vi que eran presa fácil. Gozaban ustedes de una antigua y gran fama por su honradez, y, como es natural, se enorgullecían de ello. Ese era el más preciado de sus tesoros, la niña de sus ojos. En cuanto descubrí con qué cuidado y vigilancia se mantenían ustedes y mantenían a sus hijos apartados de la tentación, me di cuenta de cómo tenía que proceder. ¡Pobres criaturas, que no comprendían que la mayor de todas las debilidades es la virtud que no ha pasado por la prueba del fuego! Tracé un plan y reuní una lista de nombres. Mi proyecto consistía en corromper Hadleyburg, la incorruptible. Pretendía convertir en mentirosos y en ladrones a casi medio centenar de hombres y mujeres irreprochables que en toda su vida no habían mentido ni robado un penique. Me preocupaba Goodson. Goodson no había nacido ni se había criado en Hadleyburg. Temí que si ponía en marcha mi plan, haciéndoles conocer mi carta, ustedes se dirían: «Goodson es el único entre nosotros capaz de donar veinte dólares a un pobre diablo», y que quizá no mordiesen el cebo. Pero los cielos se lo llevaron, y entonces caí en la cuenta de que estaba a salvo. Tendí mi trampa y puse el cebo. Quizá no caigan todas las personas a las que envié por correo el pretendido secreto, pero, si no estoy equivocado acerca de la manera de ser de Hadleyburg, cazaré a la mayor parte.

VOCES: « ¡Exacto!, cayeron todos ellos».

Estoy seguro de que llegarán incluso a robar un dinero que es ostensiblemente producto del juego, antes de que desaparezca. ¡Pobres hombres, así tentados, y educados de una manera equivocada! Confío en sofocar por siempre y para siempre su vanidad, y hacer que Hadleyburg se gane una nueva fama, que perdurará, y que llegará lejos. Si he triunfado, abran ustedes el fardo y convoquen al Comité para la Propagación y Preservación de la Buena Fama de Hadleyburg.

UN CICLÓN DE VOCES: « ¡Que se abra! ¡Los dieciocho al frente! ¡Comité de Propagación de la Tradición! ¡Los Incorruptibles!».

La presidencia desgarró de arriba abajo el fardo, y cogió un puñado de monedas brillantes, grandes y doradas, las sacudió, las examinó y dijo:

—¡Amigos, no son otra cosa que discos de plomo bañado en oro!

Esta noticia provocó un estallido apabullante de deleite, y cuando se acalló el barullo gritó el curtidor:

—Por derecho de evidente antigüedad, queda nombrado el señor Wilson como presidente del Comité de Propagación de la Tradición. Sugiero que dé un paso al frente en representación de sus compañeros y se haga cargo del dinero en depósito.

UN CENTENAR DE VOCES: «¡Wilson! ¡Wilson! ¡Wilson! ¡Que hable, que hable!».

WILSON [Con voz trémula de ira]: «Permítanme que diga, sin disculparme por mi mal lenguaje, ¡que el diablo cargue con el dinero!».

UNA VOZ: «¡Hay que ver con el de la Iglesia bautista!».

UNA VOZ: «¡Quedan diecisiete símbolos! ¡Adelante, caballeros, y háganse cargo del legado!».

Una pausa. Nadie contesta.

EL TALABARTERO: « Señor presidente, nos ha quedado un hombre puro, por lo menos, de entre la agonizante aristocracia, y es un hombre que necesita el dinero y que se lo merece. Propongo que nombre usted a Jack Halliday para que suba al estrado y saque a subasta ese fardo de monedas doradas de veinte dólares, y que entregue la suma al hombre que de verdad se merece el dinero, al hombre al que Hadleyburg se complace en honrar, ¡Edward Richards!».

Esta proposición fue recibida con gran entusiasmo, para echar otra vez una mano al pobre hombre. El talabartero inició la puja con un dólar, y los naturales de Brixton y el representante de Barnum pelearon fuerte por llevárselo. La concurrencia aplaudió todas las alzas que se hacían, y la emoción subió más y más a cada momento. Los postores se aguijonearon y se hicieron cada vez más audaces, más resueltos. Las posturas saltaron de un dólar a cinco, luego a diez, luego a veinte, a cincuenta, a cien, a…

Al principio de la subasta Richards había susurrado angustiado a su mujer:

—¡Oh, Mary! ¿Podemos permitirlo? Fíjate en que es un premio de honor, un testimonio de pureza de carácter, y…, y…, ¿podemos consentirlo? ¿No sería mejor, Mary, que yo…, que me levantase? ¿Qué debemos hacer? ¿Qué crees tú que…?

LA VOZ DE HALLIDAY: «¡Quince me ofrecen! ¡Dan quince por el fardo!; ¡veinte!, gracias; ¡treinta!, perfecto; ¡treinta, treinta, treinta! ¿Me ha parecido oír cuarenta?, ¡cuarenta son! Que no pare, caballeros, que no pare; ¡cincuenta! Gracias, noble Roman. ¡Se va en cincuenta, cincuenta, cincuenta!; ¡setenta! ¡Noventa! ¡Magnífico! ¡Cien! ¡Sigan pujando, sigan pujando! ¡Ciento veinte!; ¡cuarenta!; ¡justo a tiempo! ¡Ciento cincuenta! ¡Doscientos! ¡Espléndido! Me parece oír doscientos y…, ¡gracias! ¡Doscientos cincuenta!».

—Esta es otra tentación, Edward, estoy temblando, pero nos hemos salvado de una tentación, y eso debería advertirnos de que… [«¿Fueron seiscientos lo que oí? ¡Gracias!, seiscientos cincuenta, seiscientos cinc… ¡Setecientos!»] Y, sin embargo, Edward, si una se pone a pensar en que nadie sosp… [«¡Ochocientos dólares!, ¡hurra! ¡Que sean novecientos! Señor Parsons, me pareció oírle…, ¡gracias!, ¡novecientos! Pero ¿es que este glorioso fardo de plomo virgen se va a ir solo por novecientos dólares, con el dorado y todo? ¡Vamos! ¿Oigo bien? ¡Mil dólares! Fiel servidor suyo. ¿No ha dicho alguien mil cien? Un fardo que se va a convertir en el más célebre de todo el univ…»] ¡Oh, Edward! —Empezó a sollozar—. ¡Somos tan pobres!, pero, pero, haz lo que te parezca mejor, haz lo que te parezca mejor.

Edward sucumbió, es decir, permaneció sentado en silencio con su conciencia a disgusto, pero abrumado por las circunstancias.

Mientras tanto, un desconocido que parecía un detective aficionado, con un absurdo atuendo de conde inglés, había estado contemplando la sesión con interés manifiesto y expresión satisfecha, y hasta hizo comentarios para sí mismo. En este momento hablaba para sus adentros como sigue:

«Ninguno de los dieciocho está pujando. No me parece bien, necesito que cambie, las exigencias dramáticas lo imponen. Tienen que comprar el fardo que intentaron robar, y es preciso que paguen una cantidad elevada, porque algunos de ellos son gente rica. Otra cosa: si me equivoco acerca de la naturaleza de Hadleyburg, el hombre que ha sido la causa de que así sea tiene derecho a recibir altos honorarios por ello, y alguien los tiene que pagar. Este pobre Richards se ha puesto en ridículo a mi juicio. Es un hombre honrado; no lo entiendo, pero lo reconozco. Sí, él aceptó mi envite y tiene una escalera real. Le pertenece, pues, el dinero que hay en la mesa. Y, si las cosas salen bien, no ha de ser una insignificancia. Me ha decepcionado, pero lo dejaré pasar».

El hombre en cuestión contemplaba las pujas. Al llegar a los mil dólares, se desbarataron las ofertas; fueron cayendo rápidamente. Esperó, siguió esperando. Uno de los licitadores se retiró, luego otro, y otro. Nuestro hombre pujó entonces una o dos veces. Cuando los aumentos se redujeron a cantidades de diez dólares, él agregó cinco, y alguien subió aún tres dólares más. Él esperó un momento y lanzó un salto de cincuenta dólares, y se llevó el talego por la cantidad de mil doscientos ochenta y dos dólares. La concurrencia aplaudió, pero, de pronto, se callaron todos, porque el desconocido se había puesto en pie y había levantado una mano. Y empezó a hablar.

—Deseo decir unas palabras y pedir un favor. Soy un negociante de rarezas y tengo tratos en todo el mundo con personas interesadas en la numismática. La compra que acabo de hacer me rendirá beneficios, a pesar del precio. Sin embargo, y si merece su aprobación, hay una manera de que cada una de estas monedas de veinte dólares de plomo valgan su peso en oro, y quizá más. Otorgadme vuestro consentimiento y yo entregaré una parte de mis beneficios a vuestro señor Richards, cuya invulnerable honradez todos ustedes han reconocido esta noche de manera tan entusiasta y cordial. La parte que le corresponderá ascenderá a diez mil dólares, que yo le entregaré mañana. [Grandes aplausos de la concurrencia] —Lo de «la invulnerable honradez» provocó que los Richards se sonrojasen mucho, lo que se tomó como efecto de su modestia, y no los descubrió—. Si ustedes apoyan mi proposición con una buena mayoría (me agradaría que obtuviese dos terceras partes de los votos), lo consideraré como una muestra de la aprobación de este pueblo, y no pido más. El negocio de las rarezas se beneficia con cualquier recurso que contribuya a despertar el interés y a llamar la atención. Pues bien: desearía que ustedes me concedieran el permiso de grabar en el anverso de estas llamativas monedas los nombres de los dieciocho caballeros que…

Nueve de cada diez concurrentes se pusieron en pie en un instante, incluyendo el perro, y la proposición fue aprobada entre un torbellino de aplausos y de risas.

Volvieron a sentarse, y entonces se pusieron en pie todos los «símbolos», excepto el doctor Clay Harkness, que protestaba violentamente contra aquel ultraje, y amenazaba con…

—Les suplico a ustedes que no me amenacen —dijo el desconocido, con tranquilidad—. Conozco los derechos que la ley me da, y no estoy acostumbrado a que me asusten con bravatas. [Aplausos] Se volvió a sentar.

Entonces el doctor Harkness vio allí su oportunidad. Era uno de los dos hombres más ricos del pueblo, Pinkerton el otro. Harkness era propietario de un taller de acuñación de moneda, es decir, de un específico farmacéutico muy popular. Aspiraba a salir elegido alcalde en una candidatura, y Pinkerton en la otra. Era una campaña muy peleada, y cada día más competida. Ambos tenían grandes apetencias por el dinero y habían adquirido una gran extensión de tierra con un determinado propósito: iba a tenderse una nueva línea de ferrocarril, y los dos aspiraban a sentarse en la legislatura para trazar su recorrido de la manera más conveniente a sus intereses. Bastaría un solo voto para decidir la elección y hacer la fortuna de dos o tres personas. El premio era de importancia, y Harkness un atrevido especulador. Estaba sentado cerca del desconocido. Mientras alguno de los demás símbolos ocupaba la atención de la asamblea con sus protestas y sus súplicas, Harkness se inclinó hacia delante y le preguntó cuchicheando:

—¿Cuánto quiere por el fardo?

—Cuarenta mil dólares.

—Le doy veinte.

—No.

—Veinticinco.

—No.

—Pongamos treinta.

—El precio son cuarenta mil dólares, y ni un penique menos.

—Hecho, se los daré. Acudiré al hotel a las diez de la mañana. No quiero que se sepa. Lo veré a usted en secreto.

—Perfecto.

El desconocido se levantó y habló así a la asamblea:

—Me parece que se ha hecho tarde. Los discursos de estos caballeros no carecen de mérito, de interés, o de elegancia, pero si se me disculpa, me retiraré. Agradezco a ustedes el gran favor que me han hecho aprobando mi petición. Suplico a la presidencia que me guarde el fardo hasta mañana, y que entregue al señor Richards estos tres billetes de quinientos dólares. —Los billetes llegaron hasta la presidencia—. Mañana, a las nueve, vendré a por él, y a las once entregaré personalmente al señor Richards, en su casa, la suma restante hasta completar los diez mil dólares. Buenas noches.

Se escabulló de la sala, dejando a la concurrencia armando un barullo enorme, entre los vítores, la canción «Mikado», las protestas del perro y el canto «¡Está usted lejos de s—e—e—r una mala perso—o—ona…, una mala perso—o—ona!».

IV

Ya en su casa, los Richards tuvieron que soportar felicitaciones y cumplidos hasta la medianoche. Entonces quedaron a solas. Parecían un poco tristes, y permanecieron sentados y pensativos. Por último, Mary suspiró y dijo:

—¿Crees, Edward, que somos merecedores de censuras, de grandes censuras? —Su mirada se dirigió hacia el terceto acusador de grandes billetes que estaba encima de la mesa, y que las visitas habían contemplado con glotonería y palpado con reverencia.

Edward no contestó enseguida, pero luego suspiró y dijo vacilante:

—No…, no pudimos evitarlo, Mary. Estaba dispuesto así. Todo lo dispone Dios.

Mary lo miró fríamente, pero él no le devolvió la mirada. Dijo entonces:

—Siempre creí que las felicitaciones y los elogios sabían a gloria. Pero ahora me parece… ¿Edward?

—¿Sí?

—¿Vas a seguir en el Banco?

—N—n—no.

—¿Dimitirás de tu cargo?

—Por la mañana, por carta.

—Me parece lo mejor.

El señor Richards apoyó su cabeza sobre las manos y murmuró:

—Antes no me asustaba dejar que pasasen por mis manos verdaderos océanos de dinero perteneciente a otras personas, pero me siento tan cansado. Mary, me siento tan cansado…

—Vamos a la cama.

El desconocido se presentó a las nueve de la mañana en busca del fardo y se lo llevó al hotel en un coche. A las diez, Harkness mantuvo con él una conversación secreta. El desconocido pidió y obtuvo cinco cheques al portador contra un banco metropolitano, cuatro de mil quinientos dólares y uno de treinta y cuatro mil dólares. Metió en su cartera uno de los primeros, y el resto, que ascendía a treinta y ocho mil quinientos dólares, los metió en un sobre, en el que introdujo una carta después de que se marchara Harkness. A las once se presentó ante la casa de los Richards y llamó. La señora Richards miró entre las persianas, salió a abrir, recibió el sobre, y el desconocido desapareció sin decir palabra. La señora Richards volvió a entrar, toda colorada y con las piernas vacilantes, y jadeó:

—¡Ahora sí que lo he reconocido! Anoche me pareció que no había visto nunca a aquel hombre.

—¿Es el mismo que trajo aquí el fardo?

—Estoy casi segura de que sí.

—Entonces él es el auténtico Stephenson, el mismo que puso en evidencia a todos los ciudadanos importantes del pueblo con su falso secreto. Pero si ahora nos envía cheques en lugar de dinero, nos veremos nosotros también expuestos, cuando ya creíamos estar a salvo. Después de descansar esta noche, empezaba ya a sentirme de nuevo tranquilo, pero el aspecto de ese sobre me pone enfermo. No abulta bastante: ocho mil quinientos dólares, aun en billetes grandes, tendrían que abultar más que eso.

—¿Por qué no quieres saber nada de cheques, Edward?

—¡Cheques firmados por Stephenson! Yo me resigno a recibir los ocho mil quinientos dólares, si nos los envía en billetes, porque cualquiera diría que Dios lo ha ordenado así, Mary. Pero siempre he sido un hombre apocado, y no tengo valor para poner en circulación un cheque firmado con un apellido tan calamitoso. Eso sería tendernos una trampa. Ese hombre intentó hacerme caer una vez y de un modo u otro nos salvamos, pero ahora nos prepara una nueva. Si es un cheque…

—¡Oh, Edward, qué malísima intención! —Sostuvo los cheques y empezó a llorar.

—Échalos al fuego, rápido, no debemos permitir esa tentación. Se trata de una artimaña para hacer que el mundo se ría de nosotros, lo mismo que de los demás, y… ¡Dámelos, que tú no te decides! —Se los quitó de un tirón e intentó contenerse hasta llegar a la estufa. Pero era humano, era cajero, y se detuvo un instante para comprobar la firma, y al verla estuvo a punto de desmayarse—. ¡Abanícame, Mary, abanícame! ¡Valen su peso en oro!

—¡Qué dicha, Edward! ¿Por qué?

—Están firmados por Harkness. ¿Qué misterio puede encerrarse en esto?

—Edward, ¿crees que…?

—¡Fíjate, fíjate en esto! Mil quinientos, mil quinientos, mil quinientos, treinta y cuatro mil. ¡Treinta y ocho mil quinientos en total! Mary, el fardo no vale doce dólares, y Harkness, por lo visto, lo ha comprado.

—¿Y crees que todo el dinero es para nosotros, en lugar de los diez mil?

—Así parece. Y los cheques están extendidos al portador.

—¿Eso es bueno, Edward? ¿Qué finalidad tiene?

—Me imagino que se nos indica que debemos cobrarlos en algún banco de una ciudad lejana. Quizá Harkness no desea que trascienda la cosa. ¿Qué es esto? ¿Una carta?

Era la misma letra de Stephenson, pero no traía firma. Y decía:

Estoy decepcionado. Su honradez está por encima de toda tentación. Yo creía otra cosa, pero fui injusto con ustedes, y les pido perdón de la manera más sincera. Siento veneración por usted, y también en esto soy sincero. Este pueblo no es digno ni de besar la orla de su traje. Querido señor, yo hice conmigo mismo una justa apuesta, de que en esta comunidad de usted, que de tal manera se jacta de su honradez, había diecinueve hombres a los que podía corromper. He perdido. Quédese con todas las ganancias, porque lo merece usted.

Richards dejó escapar un profundo suspiro y musitó:

—Parece que estuviera escrita con fuego, a juzgar por lo que abrasa. Mary, otra vez soy un miserable.

—Y yo también. Yo quisiera, querido…

—¡Y pensar, Mary, que este hombre cree en mí!

—Por favor, Edward, calla, no lo puedo soportar.

—Mary, si yo mereciese estas hermosas frases (y bien sabe Dios que hubo un tiempo en que creí merecerlas), sería capaz de dar por ellas los cuarenta mil dólares. Y me guardaría esta carta como más valiosa que el oro y las joyas, y no me separaría nunca de ella. Pero ahora no podríamos vivir a la sombra de su presencia acusadora.

La tiró al fuego.

Llegó un mensajero y entregó un sobre. Richards extrajo una carta y la leyó; era de Burgess.

Usted me salvó en un trance difícil. Yo lo salvé a usted la noche pasada. Fue a costa de una mentira, pero realicé gustoso el sacrificio, impulsado por mi corazón agradecido. Nadie del pueblo sabe tan bien como yo cuán valeroso, bueno y noble es usted. En el fondo de su corazón es imposible que usted sienta respeto por mí, conociendo la acusación que pesa sobre mí, y de qué manera fui condenado por la voz pública. Pero deseo que, por lo menos, me crea usted un hombre agradecido. Eso me ayudará a sobrellevar mi carga.

Firmado:
BURGESS

—¡Salvado una vez más! ¡Y de qué manera! —Tiró la carta al fuego—. Mary, quisiera morirme, quisiera salir de una vez de todo esto.

—¡Qué días más amargos, Edward, qué amargos! Estas puñaladas son muy profundas por su misma generosidad, ¡y todas llegan tan rápido!

Tres días antes de la elección cada uno de los dos mil electores se encontró de pronto en posesión de un valioso recuerdo: una de las célebres monedas falsas de veinte dólares. Alrededor de una de sus caras estaban grabadas estas palabras: «La observación que yo hice al pobre forastero fue…». Por la otra cara de la moneda estaban grabadas estas otras: «… siga su camino y corríjase. Pinkerton». Así fue como cayó sobre una sola cabeza los restos que habían quedado de la célebre broma, y el efecto fue desastroso. Reavivó la reciente e inmensa carcajada y la concentró sobre Pinkerton. La elección de Harkness fue un simple paseo.

Durante las veinticuatro horas después de que los Richards recibieran los cheques, sus conciencias empezaron a tranquilizarse, descorazonadas. La anciana pareja empezaba a reconciliarse con el pecado que había cometido. Pero pronto iban a aprender que el pecado se viste de nuevos y auténticos terrores cuando parece existir una posibilidad de que sea descubierto. Esto le aporta un aspecto de novedad, sumamente importante y trascendental. En la iglesia, el sermón de la mañana siguió los patrones habituales. Las mismas antiguallas, repetidas de la misma manera. Los Richards habían escuchado aquel sermón un millar de veces, y siempre lo encontraron inofensivo, casi desprovisto de sentido, y con tendencia a producir el sueño en los oyentes. Pero ahora no les resultó así: parecía erizado de acusaciones, y se habría dicho que apuntaba de una manera directa y especial a aquellos que ocultaban pecados mortales.

Al salir de la iglesia se apartaron en cuanto les fue posible de la multitud que los felicitaba y corrieron hacia su hogar, sintiendo hasta en la médula un frío producido por no sabían qué temores vagos, confusos e indefinidos. Y dio la casualidad de que, al doblar una esquina, se cruzaron con el señor Burgess. ¡No prestó atención a su inclinación de cabeza en señal de reconocimiento! No la había visto, pero ellos ignoraban este detalle. ¿Qué podía significar semejante conducta? Podía…, podía significar una docena de cosas terribles. ¿No sería posible que el señor Burgess supiese que en aquel trance del pasado Richards hubiera podido aclarar su inocencia, y que hubiese esperado en silencio la ocasión de saldar cuentas? Ya en su casa, en su aflicción el matrimonio se puso a pensar que quizá la criada estuviese en la habitación contigua escuchando el día en que Richards reveló a su mujer que Burgess era inocente.

Empezó Edward a imaginarse que en aquella ocasión había oído el roce de un vestido procedente de ahí, y esas suposiciones acabaron convirtiéndose en certezas. Llamaría a Sarah con cualquier pretexto, y se fijaría en la expresión de su cara. Esta les daría a entender si los había delatado al señor Burgess. Le hicieron algunas preguntas al azar, incoherentes y sin propósito, para que la muchacha tuviese la seguridad de que aquella súbita buena suerte había trastornado a los dos ancianos. La criada se asustó al ver cómo la miraban con fijeza, escudriñándola, y aquello la sobrepasó. Se sonrojó, se puso nerviosa y confusa, lo cual fue para los ancianos prueba evidente de su culpabilidad, de que era responsable de alguna acción horrenda, de que había sido espía y traidora. Al instante después de volver a quedarse a solas empezaron a atar muchos cabos que ninguna relación tenían entre sí, deduciendo consecuencias horribles de su combinación. Cuando las cosas habían llegado casi a lo peor, Richards dejó escapar un súbito jadeo, y su mujer le preguntó:

—¿Qué tienes, qué tienes?

—¡La carta, la carta de Burgess! Ahora comprendo que estaba escrita en lenguaje irónico. —Citó un párrafo—: «En el fondo de su corazón es imposible que usted sienta respeto por mí, conociendo la acusación que pesa sobre mí». Dios nos asista, ahora lo veo perfectamente claro. ¡Burgess sabe que yo sé la verdad! Fíjate con qué habilidad están escritas las frases. Fue una trampa, en la que caí como un estúpido. Y, Mary…

—¡Es horrible! Ya sé lo que vas a decir. No te ha devuelto el papel en que tú copiaste la falsa observación.

—No, se la ha guardado para arruinarnos con ella. Mary, ya nos ha puesto en evidencia ante alguien. Lo sé, estoy seguro. Lo advertí al salir de la iglesia en una docena de caras. ¿Cómo iba a contestar a nuestra inclinación de cabeza? ¡Bien sabe él lo que ha hecho!

Por la noche hubo que llamar al médico. Por la mañana corrió la noticia de que el anciano matrimonio estaba enfermo de gravedad, postrado en cama por la emoción agotadora de la suerte que les había caído del cielo, por las felicitaciones y por no dormir. Eso dijo el doctor. La población lo lamentó con sinceridad. Aquellos dos ancianos eran ya casi lo único que les quedaba de lo que sentirse orgullosos.

Dos días después las noticias eran peores. Los dos ancianos deliraban y hacían cosas extrañas. De acuerdo con el testimonio de las enfermeras, Richards había mostrado cheques por valor de ocho mil quinientos dólares. No, por una cantidad sorprendente: ¡treinta y ocho mil quinientos! ¿Cómo podía explicarse una suerte tan grande?

Al siguiente día las enfermeras propagaron más noticias, todas asombrosas. Ellas creyeron conveniente esconder los cheques, a fin de que no sufriesen daño; pero cuando fueron a buscarlos se encontraron con que habían desaparecido de debajo de la almohada de los enfermos; no se encontraban por ninguna parte. El enfermo dijo:

—Dejen ustedes la almohada. ¿Qué buscan?

—Pensamos que sería mejor que los cheques…

—Jamás volverán a verlos, han sido destruidos. Procedían de Satanás. Yo vi en ellos la marca del infierno, y comprendí que me habían sido remitidos a fin de hacerme caer en pecado.

Acto seguido comenzó a balbucear cosas rarísimas y terribles, que las enfermeras no comprendieron del todo, y que el doctor les aconsejó que no propagasen.

Richards había dicho la verdad: jamás volvieron a verse aquellos cheques.

Una de las enfermeras debió de hablar en sueños, porque antes de dos días los balbuceos prohibidos eran propiedad de todo el pueblo, y en verdad que resultaban sorprendentes. Parecían indicar que Richards había sido también un candidato al fardo, y que Burgess había ocultado ese hecho, para luego difundirlo con malicia.

Burgess negó con rotundidad esa acusación. Aseguró que no era justo dar importancia al chachareo de un anciano enfermo que estaba fuera de sus cabales. Sin embargo, la sospecha estaba en el aire, y dio pábulo a muchas conversaciones.

Uno o dos días después corrió la voz de que las confesiones delirantes de la señora Richards venían a ser un duplicado de las de su marido. Las sospechas se reavivaron hasta convertirse en certezas, y el orgullo del pueblo en la pureza del único ciudadano importante que se había salvado del descrédito empezó a menguar y vacilar, y llevaba camino de extinguirse.

Transcurrieron seis días, y llegaron más noticias. El anciano matrimonio se estaba muriendo. En el último momento se aclaró la inteligencia de Richards, y mandó llamar a Burgess. Este ordenó:

—Despejen ustedes la habitación, porque creo que quiere decirme algo en secreto.

—¡No! —exclamó Richards—. Quiero testigos. Quiero que todos ustedes escuchen mi confesión para que pueda morir como un hombre, y no como un perro. Yo, igual que todos los demás, era un hombre puro, artificialmente puro, y, como los demás, caí cuando se me presentó la tentación. Firmé una mentira y reclamé el condenado fardo. El señor Burgess recordó que yo le había hecho un favor, y en agradecimiento (y por su ignorancia), eliminó mi nota y me salvó. Ustedes conocen la acusación que hace años se hizo contra Burgess. Mi testimonio, y solo mi testimonio, hubiera podido probar su inocencia. Fui un cobarde, y consentí que cayese sobre él la ignominia…

—No, señor Richards, usted…

—Mi criada le descubrió nuestro secreto…

—Nadie me ha descubierto nada…

—… y entonces el señor Burgess hizo una cosa muy natural y justificada: se arrepintió de su bondad al salvarme y me puso en evidencia, como merecía…

—¡Jamás! Juro que…

—Y yo le perdono desde lo más hondo de mi corazón.

Las protestas apasionadas de Burgess cayeron en oídos sordos. El moribundo falleció sin enterarse de que una vez más había perjudicado al pobre Burgess. Su anciana esposa murió aquella misma noche.

El último de los sagrados diecinueve había caído víctima del fardo endemoniado, y el pueblo quedó desnudo del último harapo que le quedaba de su antigua gloria. El duelo no fue ostentoso, pero sí profundo.

Por mediación de la alcaldía, respondiendo a una súplica y petición, se permitió a Hadleyburg que cambiase de nombre (nadie quiera saber por cuál, pues yo no lo diré), suprimiendo una palabra de su lema que, por espacio de muchas generaciones, había adornado la estampilla oficial del pueblo.

Ahora ha vuelto a ser una ciudad honrada y tendrá que madrugar el que quiera sorprenderla mientras duerme indefensa

EL HOMBRE QUE RIÑE CON LOS GATOS

A falta de otra cosa, contamos una vez en nuestro periódico la aventura de un desgraciado que, según nuestro relato, para poner término al infernal estrépito de unos gatos enamorados, se había encaramado en camisa en el tejado la noche del 31 de diciembre, provisto de zapatos viejos a guisa de proyectiles. Después de haber continuado la caza airadamente sobre siete u ocho tejados, el hombre se había resbalado por un tragaluz y había caído en una habitación desconocida, de la que escapó perseguido por un hombre espantado, teniendo que ocultarse tras una chimenea y esperar el alba tiritando, con miedo de que la policía lo descubriese y le descerrajase un tiro. El episodio era pura invención, y al héroe se le había dado un nombre cualquiera muy común: el de Smith; pero, una semana después, entró en la redacción un anciano caballero, en cuya fisonomía se pintaba formidable ingenuidad. Se llamaba Smith, vivía en una casa como la descrita en el cuento, y venía a declarar que la anécdota era completamente falsa y extremadamente ofensiva para él.

—Cuide mucho, querido señor —le dijimos, mientras lo mirábamos fríamente—, cuide mucho cómo habla. Conocemos a fondo todas las circunstancias del hecho. ¿Querría usted negar, acaso, que ha andado a zapatazos con aquellos gatos?

—¡Nunca! ¡Nunca! —exclamó Smith—. En mi vida he estado sobre ningún tejado en camisa.

—Y nadie ha dicho que usted haya estado. ¿Quién diablo ha oído hablar nunca de tejados en camisa? Sería un tejado muy raro, por cierto.

—Quiero decir —replicó Smith— que no es verdad que yo haya saltado de la cama en camisa.

—Tampoco encontrará usted eso en el periódico. ¿Dónde hay camas en camisa?

—¡Pardiez! —objetó Smith—. Lo que quiero decir es que nunca he pegado a los gatos en camisa.

—Y se comprende, querido señor. ¡Y ojalá no tenga usted nunca que tratar con gatos en camisa, ni siquiera en pantalones!

—Pero, ¡por Dios! —imploró Smith, esforzándose por permanecer tranquilo—. Ustedes han escrito que yo he salido al tejado con mi camisa solamente para espantar a los gatos.

—Dispense usted. Nosotros no hemos dicho que usted se haya puesto la camisa solamente con ese objeto, ni menos nos hemos metido en si la camisa era o no la suya. Por lo que sabemos de ella, podría ser hasta la camisa de Mahoma.

—Pero sí, según ustedes, yo he puesto en fuga a los gatos con zapatos viejos.

—Nosotros no hemos hablado de gatos con zapatos.

—¡No quieren entenderme! —aulló Smith, exasperado—. Nunca jamás he tenido que hacer con gatos en los tejados, ni he tirado zapatos en camisa.

—Señor Smith, ¡seamos formales! Si puede usted indicar un párrafo del periódico en que se le acuse de poner camisas a los zapatos para tirarlas a los gatos, estamos prestos a escribir una apología de cuatro columnas, y, además, cuando muera, le haremos un monumento. Usted no puede ser capaz de semejantes extravagancias… ¡Oh, no!

—¡Dios los maldiga! —rugió Smith—. Yo le digo que todo el maldito relato de la caza gatuna y del tirar zapatos, y del quedarme en el tejado pegado a la chimenea para estar caliente, es una calumnia descarada.

—¿Y para qué pegarse a la chimenea sino para calentarse?

—Yo no me he pegado a la chimenea. Yo no he visto acabar el año sobre el tejado, pegado a la chimenea.

—Pero vea usted, señor Smith, vea usted. ¿Cuándo hemos dicho nosotros que el año haya concluido sobre el tejado, pegado a la chimenea? Usted desvaría, señor Smith.

—¡Basta! ¡Lo veremos! —gritó Smith, furibundo—. ¡Yo no he tirado zapatos! ¡Nada es verdad! ¡Toda la noche he estado en la cama! ¡Quiero una rectificación! ¡Quiero una rectificación… sí, los acuso de libelistas! ¡Los acuso, los acuso!

Y el pobre Smith salió frenético. Queriendo darle una especie de reparación, preparamos la rectificación siguiente:

Para aquellos a quienes pueda interesar. Sepan todos por la presente declaración que, si se ha hecho alguna de las siguientes afirmaciones en estas columnas, la retractamos y la declaramos inexacta. Que un hombre llamado Smith, y que vive en la calle X, tenga un tejado en camisa; que el llamado Smith tenga la costumbre de hacer frente a legiones enteras de gatos en camisa, y los desafíe y combata; que vista los zapatos con camisas; que haya visto al año último espirar adosado a una chimenea; que haya encontrado gatos en zapatos; que acostumbre a tirar tragaluces por el aire; que se haya puesto la camisa propia para combatir a los gatos, o haya hecho otra cosa durante los últimos seis meses que dormir como un lirón, excepto una noche en que le pareció sentir ladrones en casa y mandó a su encuentro a su mujer, armada con el asador, mientras él se echaba a temblar y ponía las sábanas sobre la cabeza.

EL ROBO DEL ELEFANTE BLANCO

I

La siguiente curiosa historia me fue relatada por alguien a quien conocí por casualidad en un vagón de tren. Era un caballero de más de setenta años, con un rostro francamente benévolo y gentil y un porte serio y sincero que imprimían el sello inconfundible de la verdad a cada una de las afirmaciones que salían de sus labios. Me dijo:

"Ya sabe usted la reverencia que profesa al real elefante blanco el pueblo de Siam. Como sabrá, se trata de un animal consagrado al rey, que solo los reyes pueden poseer y que, hasta cierto punto, es incluso superior a los reyes, ya que no solo recibe honores, sino también adoración. Pues bien, hará unos cinco años, cuando surgieron los conflictos sobre la delimitación de fronteras entre Gran Bretaña y Siam, pronto quedó patente que Siam estaba en un error. Así pues, tras procederse rápidamente a las reparaciones necesarias, el representante inglés expresó su satisfacción, manifestando que el pasado debía quedar olvidado. Esto alivió en gran manera al rey de Siam; y en parte como muestra de gratitud, pero en parte también, quizá, para borrar cualquier vestigio de desagrado que Inglaterra pudiera sentir hacia él, el soberano deseó enviar un regalo a la reina: la única forma segura de reconciliarse con un enemigo, según las ideas orientales. El regalo no solo tenía que ser regio, sino trascendentalmente regio. Por tanto, ¿qué obsequio podría cumplir mejor ese requisito que un elefante blanco? Mi posición en la administración pública de la India era tal que se me consideró especialmente digno de ser el portador del regalo a Su Majestad. Se fletó un barco para mí y mis criados, así como para los oficiales y subalternos encargados del elefante, y cuando llegamos al puerto de Nueva York alojé mi regia carga en unos soberbios aposentos de Jersey City. Antes de continuar la travesía, era preciso permanecer allí durante un tiempo para que la salud del animal se restableciera un poco después del largo viaje.

Todo transcurrió bien durante los primeros quince días..., pero entonces empezaron mis calamidades. ¡El elefante blanco fue robado! Vinieron a despertarme en plena noche para informarme del espantoso

"

infortunio. Por unos momentos, la angustia y el terror me desquiciaron por completo; me sentí totalmente perdido. Luego fui tranquilizándome y recobré mis facultades. Enseguida comprendí qué camino debía seguir; porque, a fin de cuentas, solo había un único camino que un hombre inteligente pudiera seguir. Pese a lo intempestivo de la hora, salí a toda prisa hacia Nueva York y allí le pedí a un policía que me condujera a la jefatura general. Afortunadamente llegué a tiempo, ya que el célebre inspector Blunt, el jefe del cuerpo de detectives, se disponía a salir en ese momento hacia su casa. Era un hombre de mediana estatura y corpulento, que cuando se enfrascaba en sus pensamientos fruncía las cejas y se golpeaba reflexivamente la frente con un dedo, lo que daba inmediatamente la impresión de hallarse ante una persona fuera de lo común. Su sola presencia me inspiró confianza y me hizo recuperar la esperanza. Le expuse mi caso. No se alteró lo más mínimo; no produjo más efecto visible sobre su férreo autodominio que si le hubiera contado que me habían robado el perro. Me ofreció una silla y dijo con total tranquilidad:

—Por favor, déjeme pensar en ello un momento.

Y, diciendo esto, se sentó a su mesa de trabajo y apoyó la cabeza sobre una mano. Unos escribientes trabajaban en el otro extremo de la sala; el rasguear de sus plumas sobre el papel fue el único sonido que escuché durante los seis o siete minutos siguientes. Entretanto, el inspector permanecía allí sentado, sumido en sus pensamientos. Finalmente levantó la cabeza, y en las recias líneas de su cara observé que el cerebro había hecho su trabajo y había trazado un plan. Y con su voz grave e impresionante dijo:

—No se trata de un caso corriente. Es preciso actuar con mucha cautela; debemos estar muy seguros del paso que damos antes de dar el siguiente. Y todo debe mantenerse en secreto: en el secreto más profundo y absoluto. No debe hablarse con nadie de este asunto, ni siquiera con los periodistas. Yo me encargaré de ellos; procuraré que no lleguen a saber más de lo que conviene a mis propósitos.

Tocó una campanilla; se presentó un joven.

—Alaric, di a los periodistas que aguarden.

El muchacho se retiró.

—Y ahora pongámonos a trabajar en el asunto… y de manera metódica. En mi profesión, nada puede llevarse a cabo sin seguir un orden estricto y minucioso.

Cogió pluma y papel.

—Veamos… ¿Nombre del elefante?

—Hassan Ben Ali Ben Selim Abdallah Mohammed Moisé Alhammal Jamsetjejeebhoy Dhuleep Sultan Ebu Bhudpoor.

—Muy bien. ¿Su apodo?

—Jumbo.

—Muy bien. ¿Lugar de nacimiento?

—La ciudad capital de Siam.

—¿Viven sus padres?

—No; murieron.

—¿Tuvieron más descendientes, aparte de este?

—Ninguno. Era hijo único.

—Muy bien. A este respecto, bastará con estos datos. Ahora, por favor, describa al elefante, sin descuidar ningún detalle, por insignificante que sea…, es decir, insignificante desde su punto de vista, porque para la gente de mi profesión no hay ningún detalle insignificante; no existen.

Yo describía; él anotaba. Al terminar me dijo:

—Ahora escuche atentamente. Si he cometido error alguno, corríjame.

Y leyó lo siguiente:

—Altura: diecinueve pies; longitud desde la frente al comienzo de la cola: veintiséis pies; longitud de la trompa: dieciséis pies; longitud de la cola: seis pies; longitud total, incluyendo cola y trompa: cuarenta y ocho pies; longitud de los colmillos: nueve pies y medio; orejas en consonancia con estas dimensiones; la huella de su pata, parecida a la marca que deja un barril puesto derecho sobre la nieve; color del elefante, un blanco apagado; lleva en ambas orejas un agujero de la superficie de un plato, para la inserción de alhajas, y tiene una costumbre muy acusada de arrojar agua sobre los curiosos y de maltratar con su trompa no solo a la gente con la que tiene trato, sino también a completos desconocidos; cojea ligeramente de la pata derecha posterior, y en su sobaco izquierdo tiene una pequeña cicatriz de un viejo forúnculo; cuando fue robado, llevaba encima un castillo con asientos para quince personas y una manta de ensillar tejida en oro del tamaño de una alfombra ordinaria.

No había ningún error. El inspector tocó la campanilla, entregó la descripción a Alaric y dijo:

—Haga que impriman inmediatamente cincuenta mil copias de este informe y que sean enviadas a todos los despachos de detectives y casas de empeños del continente.

Alaric se retiró.

—Bueno… De momento, vamos bien. Lo siguiente que necesito es una fotografía de la propiedad sustraída.

Le entregué una. La examinó con aire crítico y dijo:

—Tendrá que servir, ya que no disponemos de nada mejor; pero tiene la trompa enrollada y metida dentro de la boca. Es una lástima, y casi parece hecho adrede para despistar, porque está claro que normalmente no la lleva en esta posición.

Tocó la campanilla.

—Alaric, haga que saquen cincuenta mil copias de esta fotografía a primera hora de la mañana, y que sean enviadas junto con las circulares descriptivas.

Alaric se retiró para ejecutar sus órdenes. El inspector dijo:

—Por descontado, será necesario ofrecer una recompensa. ¿De qué cantidad estaríamos hablando?

—¿Qué cantidad propone usted?

—Para empezar, yo diría que… unos veinticinco mil dólares. Se trata de un asunto intrincado y difícil; hay mil maneras de escapar y otras tantas oportunidades de esconderse. Estos ladrones tienen amigos y compinches en todas partes…

—¡Santo Dios! ¿Acaso sabe quiénes son?

Su cauteloso rostro, acostumbrado a ocultar ideas y emociones, no reveló nada, como tampoco las palabras que pronunció acto seguido con tanto aplomo:

—No se preocupe por eso. Puede que lo sepa, puede que no. Generalmente podemos determinar con bastante precisión quién es nuestro hombre basándonos en su manera de actuar y en el volumen del botín que persigue. No estamos tratando con un carterista o un ratero cualquiera, de eso puede estar seguro. Esta propiedad no ha sido «sisada» por un novato. Pero, como iba diciendo, teniendo en cuenta la cantidad de viajes que será preciso efectuar y la diligencia con que los ladrones borrarán sus huellas a lo largo de su huida, puede que veinticinco mil dólares no sea una cantidad demasiado grande que ofrecer, aunque creo que valdrá la pena comenzar a partir de esa suma.

Así pues, convenimos esta cantidad para empezar. Entonces aquel hombre, al que no escapaba nada que pudiera considerarse una pista, dijo:

—Hay casos en la historia detectivesca que demuestran que los criminales han sido descubiertos a causa de sus singulares apetitos. Veamos, ¿qué come este elefante, y en qué cantidad?

—Bueno, respecto a lo de qué come…, come de todo. Se comerá a un hombre, se comerá una Biblia: comerá cualquier cosa que esté entre un hombre y una Biblia.

—Bien…, de hecho, muy bien; pero resulta demasiado genérico. Es preciso detallar: en nuestra profesión, los detalles son lo único que verdaderamente cuenta. Muy bien…, respecto a los hombres. En una comida, o, si lo prefiere, en un día, ¿cuántos hombres se comerá, si son tiernos?

—No le preocupa demasiado que estén tiernos; en una sola comida es capaz de comerse cinco hombres normales.

—Muy bien, cinco hombres. Lo anotamos. ¿De qué nacionalidades los prefiere?

—No parece mostrar preferencias en ese aspecto. Prefiere a la gente conocida, pero no tiene prejuicios contra los extranjeros.

—Muy bien. Ahora ocupémonos de las Biblias. ¿Cuántas Biblias suele comer en una comida?

—Puede llegar a comerse una edición entera.

—Esta respuesta no es muy precisa. ¿Habla usted del tomo ordinario en octavo o del familiar ilustrado?

—Creo que le son indiferentes las ilustraciones; es decir, creo que no les da más valor que a la simple letra impresa.

—No, no ha captado usted mi idea. Me refiero al volumen. La Biblia corriente, impresa en octavo, pesa alrededor de dos libras y media, mientras que el gran formato en cuarto con ilustraciones pesa unas diez o doce. ¿Cuántas Biblias con grabados de Doré se tragaría en una comida?

—Si conociera a ese elefante, no preguntaría eso. Se tragaría cuantas le diesen.

—Bien, entonces, calculémoslo en dólares y centavos. Tenemos que obtener esa información de un modo u otro. La Biblia de Doré cuesta cien dólares el ejemplar con piel de Rusia y cantos dorados.

—Necesitaría unos cincuenta mil dólares; esto es, una edición de quinientos ejemplares.

—Esto ya es más exacto. Tomaré nota. Muy bien, le gustan los hombres y las Biblias. De momento, vamos bien. ¿Qué otras cosas le gusta comer? Necesito detalles.

—Dejará las Biblias para comer ladrillos; dejará los ladrillos para comer botellas; dejará las botellas para comer ropa; dejará la ropa para comer gatos; dejará los gatos para comer ostras; dejará las ostras para comer jamón; dejará el jamón para comer azúcar; dejará el azúcar para comer tarta; dejará la tarta para comer patatas; dejará las patatas para comer salvado; dejará el salvado para comer heno; dejará el heno para comer avena; y dejará la avena para comer arroz, porque fue criado principalmente con arroz. Come de todo, excepto mantequilla europea, y si la probara también se la comería.

—Muy bien. Por regla general, la cantidad que ingiere en cada comida es… digamos…

—Sí, entre un cuarto y media tonelada.

—¿Y bebe…?

—Toda suerte de líquidos: leche, agua, whisky, melaza, aceite de ricino, canfeno, ácido fénico… En fin, no vale la pena entrar en pormenores; puede anotar cualquier fluido que se le ocurra. Bebe cualquier cosa que sea líquida, a excepción del café europeo.

—Muy bien. ¿Y qué cantidad?

—Ponga usted de cinco a quince barriles. Su sed varía; sus otros apetitos, no.

—Todos estos datos son bastante inusuales. Sin duda nos proporcionarán pistas excelentes para seguir su rastro.

Tocó la campanilla.

—Alaric, llame al capitán Burns.

Burns se presentó. El inspector Blunt le puso al corriente de la cuestión, sin omitir detalle alguno. Luego dijo, en el tono claro y resuelto de un hombre que tiene sus planes perfectamente trazados en la mente y que está acostumbrado a mandar:

—Capitán Burns, asigne a los detectives Jones, Davis, Halsey, Bates y Hackett para seguir el rastro del elefante.

—Sí, señor.

—Asigne a los detectives Moses, Dakin, Murphy, Rogers, Tupper, Higgins y Bartholomew para seguir los pasos de los ladrones.

—Sí, señor.

—Ponga una fuerte guardia, una guardia de treinta de los mejores hombres, con otros treinta para el relevo, en el sitio donde fue robado el elefante, para mantenerlo estrechamente vigilado día y noche; y que no permitan a nadie acercarse, a excepción de los periodistas, sin mi autorización escrita.

—Sí, señor.

—Coloque a detectives de paisano en las estaciones de ferrocarril, en los embarcaderos de vapores y mercantes y en todas las carreteras que salen de Jersey City, con órdenes de registrar a toda persona sospechosa.

—Sí, señor.

—Proporcione a cada uno de esos hombres la fotografía y la descripción detallada del elefante, y deles instrucciones para que registren todos los trenes y todos los buques mercantes y demás embarcaciones que zarpen de puerto.

—Sí, señor.

—En caso de que encuentren el elefante, deben capturarlo e informarme inmediatamente vía telegráfica.

—Sí, señor.

—Debo ser informado inmediatamente en caso de que se encuentre cualquier pista: huellas del animal, o cualquier otra cosa por el estilo.

—Sí, señor.

—Consiga una orden para hacer que la policía del puerto patrulle atentamente todos los frentes.

—Sí, señor.

—Envíe detectives de paisano por todos los ferrocarriles: por el norte hasta Canadá, por el oeste hasta Ohio, por el sur hasta Washington.

—Sí, señor.

—Ponga expertos en todas las oficinas telegráficas para escuchar todos los mensajes, y pida que hagan descifrar todos los despachos que estén escritos en clave.

—Sí, señor.

—Que todo esto se lleve a cabo en el más absoluto secreto; escúcheme bien: en el más impenetrable secreto.

—Sí, señor.

—Infórmeme de todo a la hora de costumbre.

—Sí, señor.

—¡Retírese!

—Sí, señor.

Y se marchó.

El inspector Blunt permaneció silencioso y pensativo durante unos instantes, mientras el fulgor de sus ojos iba apagándose hasta desvanecerse. Luego se volvió hacia mí y dijo en un tono tranquilo:

—No suelo jactarme de nada; no es mi costumbre; pero... encontraremos al elefante.

Estreché calurosamente su mano y le di las gracias; y realmente me sentía agradecido en lo más profundo de mi ser. A medida que veía cómo trabajaba aquel hombre, más me gustaba su persona y más me admiraban y me maravillaban los misteriosos prodigios de su profesión. Nos despedimos por aquella noche, y regresé a mi domicilio con un corazón más alegre que el que había arrastrado conmigo hasta su despacho.

II

A la mañana siguiente, el asunto del robo aparecía en todos los periódicos, y con todo lujo de detalles. Había incluso información adicional: las distintas teorías del detective Fulano, del detective Mengano, del detective Zutano, etcétera, sobre el modo en que se debió de perpetrar el robo, quiénes serían los ladrones y hacia dónde habrían huido con su botín. Había en total once de estas teorías, que abarcaban en conjunto todas las posibilidades; hecho que, por sí solo, demuestra la independencia de pensamiento de que gozaban los detectives. No había dos teorías iguales, ni siquiera parecidas, salvo en un detalle sorprendente en el que concordaban absolutamente las once teorías: en que, a pesar de haberse practicado un agujero en la parte trasera del edificio y de que la única puerta permanecía cerrada, el elefante no había sido sacado a través del orificio, sino por alguna otra salida (no descubierta todavía). Todas las teorías coincidían en que los ladrones habían practicado aquel agujero para despistar a los detectives. Es algo que nunca se me habría ocurrido, ni a mí ni seguramente a ningún otro ciudadano de a pie, pero los detectives no se habían dejado engañar en ningún momento. Así pues, lo que para mí era lo único que no encerraba misterio alguno, era de hecho en lo que más equivocado estaba. Las once teorías daban los nombres de los supuestos ladrones, pero ni siquiera dos de ellas coincidían en un solo nombre: el número total de sospechosos ascendía a treinta y siete. Los diferentes artículos de los periódicos terminaban con la opinión más importante de todas: la del inspector jefe Blunt. Una parte de sus declaraciones decía lo siguiente:

El inspector jefe sabe quiénes son los dos principales autores: «Brick» Duffy y «Red» McFadden. Diez días antes de perpetrarse el robo, ya estaba al tanto de que iban a intentarlo y, con la mayor discreción, había hecho vigilar estrechamente los pasos de estos dos conocidos villanos; pero, por desgracia, la noche en cuestión se perdió su pista y, antes de volver a encontrarla, el pájaro había volado…, esto es, el elefante.

Duffy y McFadden son los dos malhechores más intrépidos de su gremio; el inspector jefe tiene razones para creer que fueron ellos quienes robaron la estufa de la jefatura central durante una noche muy cruda del pasado invierno, debido a lo cual él y los demás detectives presentes tuvieron que ponerse en manos de los médicos antes de que llegara la mañana, algunos de ellos con los pies congelados, y otros con los dedos, las orejas y otros miembros congelados.

Cuando leí la primera parte de aquello, me quedé aún más atónito ante la portentosa sagacidad de aquel hombre singular. No solo veía con claridad meridiana el presente, sino que ni siquiera el futuro escapaba a su mirada penetrante. Me presenté a primera hora de la mañana en su despacho y le dije que sin duda me habría gustado que hubiese hecho arrestar antes a aquellos bribones, evitando así tanto revuelo y tanta pérdida; pero su respuesta fue sencilla y contundente, de las que no admiten réplica:

—No es nuestra competencia prevenir el crimen, sino castigarlo. Y no podemos castigarlo hasta que se ha cometido.

Señalé que la prensa había echado a perder el secretismo con que se habían iniciado las diligencias. No solo habían sido revelados todos los datos de que disponíamos, sino también nuestros planes y proyectos: incluso se habían publicado los nombres de los sospechosos, con lo que sin duda ahora podrían disfrazarse u ocultarse.

—Déjelos. Se encontrarán con que, cuando esté dispuesto para actuar, mi mano caerá sobre ellos, en sus escondrijos secretos, de forma tan certera como la mano del destino. En cuanto a los periódicos, necesitamos el contacto con ellos. La fama, la reputación, estar constantemente en boca del público, son la tarjeta de presentación del detective. Necesita hacer públicos sus datos, ya que, de lo contrario, es como si no tuviera ninguno; necesita publicar su teoría, porque nada hay tan curioso o sorprendente como la teoría de un detective, ni nada que le granjee tanto respeto y admiración. Y nosotros tenemos que publicar nuestros planes porque los diarios insisten en conocerlos, y no podemos negarnos a ello sin ofenderlos. Necesitamos mostrar constantemente al público lo que estamos haciendo, ya que de lo contrario creerían que no hacemos nada. Resulta mucho más agradable que un periódico diga «La ingeniosa y extraordinaria teoría del inspector Blunt es la siguiente», antes que ser duramente criticado o, peor aún, recibir ataques sarcásticos.

—Comprendo la fuerza de sus razonamientos. Pero he observado que, en una parte de sus declaraciones a los periódicos de esta mañana, se negaba usted a revelar su opinión sobre cierto aspecto secundario de la cuestión.

—Sí, siempre lo hacemos: eso causa buen efecto. Además, a decir verdad, no tengo ninguna opinión formada al respecto.

Entregué una considerable suma de dinero al inspector para cubrir gastos, y me senté a la espera de noticias. Confiábamos en que los telegramas empezarían a llegar de un momento a otro. Entretanto, volví a leer los periódicos y también la circular descriptiva, y observé que nuestra recompensa de veinticinco mil dólares parecía ofrecerse solo a los detectives. Dije que pensaba que debería ser ofrecida a cualquiera que recuperara el elefante. El inspector dijo:

—Son los detectives los que encontrarán el elefante, así que la recompensa recaerá sobre quien debe. Si otra gente encontrase al animal, sería solo por haber espiado a los detectives y haberse aprovechado de las pistas e indicaciones que les habrían robado; y, por tanto, los detectives serían los que tendrían, al fin y al cabo, derecho a la recompensa. El objeto de una recompensa es el de estimular a hombres que consagran su tiempo, su formación y su sagacidad a este tipo de trabajo, y no la de conferir beneficios a ciudadanos favorecidos por la suerte que recuperan algo por casualidad, sin habérselo ganado por sus propios méritos y esfuerzos.

Ciertamente, era bastante razonable. En ese momento, el aparato telegráfico de la esquina empezó a percutir, dando como resultado el siguiente despacho:

Flower Station, Nueva York, 7.30 mañana
Tengo pista. Encontrada serie de profundas huellas atravesando granja cercana. Perseguido dos millas al este, sin resultado; pienso elefante marchado al oeste. Sigo el rastro en esa dirección.
DETECTIVE DARLEY

—Darley es uno de los mejores hombres del cuerpo —dijo el inspector—. No tardaremos mucho en volver a tener noticias de él.

Llegó el telegrama número dos:

Barker's, New Jersey, 7.40 mañana

Acabo de llegar. Fábrica vidrio asaltada noche pasada, ochocientas botellas robadas. Agua cerca en grandes cantidades solo a cinco millas de distancia. Se dirigirá hacia allí. Elefante estará sediento. Botellas estaban vacías.

DETECTIVE BAKER

—Esto también pinta bien —dijo el inspector—. Ya le dije yo que los apetitos del animal nos proporcionarían buenas pistas.

Telegrama número tres:

Taylorville, Long Island, 8.15 mañana

Almiar cerca de aquí desaparecido durante la noche. Probablemente comido. Tengo una pista, la sigo.

DETECTIVE HUBBARD

—¡Cómo se mueve! —dijo el inspector—. Ya sabía yo que teníamos un trabajo difícil entre manos, pero aun así lo encontraremos.

Flower Station, Nueva York, 9 mañana

Siguiendo pista huellas tres millas dirección oeste. Grandes, profundas e irregulares. Acabo de encontrar campesino que dice que no son huellas de elefante. Dice que son hoyos de cuando desenterró retoños de árboles para dar sombra, durante la helada del pasado invierno. Espero órdenes.

DETECTIVE DARLEY

—¡Ajá, un cómplice de los ladrones! ¡La cosa se pone al rojo vivo! —dijo el inspector.

Y dictó a Darley el siguiente telegrama:

Arreste al hombre y oblíguele a dar los nombres de sus compinches. Siga las huellas; hasta el Pacífico, si es preciso.

INSPECTOR JEFE BLUNT

El siguiente telegrama:

Coney Point, Pennsylvania, 8.45 mañana

Oficinas del gas asaltadas durante la noche, y desaparecidas facturas del gas impagadas de tres meses. Tengo una pista y la sigo.

DETECTIVE MURPHY

—¡Dios mío! —dijo el inspector—. ¿Se habrá comido las facturas del gas?

—Por ignorancia…, sí; pero esos papeles no permiten mantener la vida. Al menos, por sí solos.

Entonces llegó este emocionante telegrama:

Ironville, Nueva York, 9.30 mañana

Acabo de llegar. El pueblo, consternado. Elefante pasó por aquí a las cinco madrugada. Algunos dicen tomó dirección este, otros dicen oeste, algunos norte, otros sur; pero todos dicen no esperaron mucho para fijarse. Mató un caballo: he guardado un pedazo como pista. Lo mató con la trompa; por el estilo de impacto, creo que golpeó de zurda. Por la posición en que yace caballo, creo elefante se dirige al norte por la línea ferrocarril de Berkley. Lleva cuatro horas y media de ventaja, pero encontraré enseguida su pista.

DETECTIVE HAWES

Prorrumpí en exclamaciones de alegría. El inspector se mostró tan imperturbable como una imagen tallada. Tocó tranquilamente la campanilla.

—Alaric, haga venir al capitán Burns.

Burns se presentó.

—¿Cuántos hombres hay disponibles para recibir órdenes inmediatas?

—Noventa y seis, señor.

—Envíelos al norte inmediatamente. Que se concentren en la línea ferroviaria de Berkley al norte de Ironville.

—Sí, señor.

—Que actúen con la más absoluta reserva. En cuanto quede gente libre de servicio, que estén disponibles hasta recibir nuevas órdenes.

—Sí, señor.

—¡Retírese!

—Sí, señor.

Llegó entonces otro telegrama.

Sage Corners, Nueva York, 10.30

Acabo de llegar, elefante pasó por aquí a las 8.15. Todos han huido de la ciudad, salvo un policía. Parece que elefante no embistió policía, sino farola. Alcanzó a ambos. Me guardo un trozo de policía como pista.

DETECTIVE STUMM

—Así pues, el elefante ha girado hacia el oeste —informó el inspector—. Pero no escapará, porque tengo hombres destacados por toda la región.

El siguiente telegrama decía:

Glover's, 11.15

Acabo de llegar. Pueblo desierto, excepto viejos y enfermos. Elefante pasó hace unos tres cuartos de hora. Estaba reunida la junta antitemplanza: metió la trompa por una ventana y arrojó chorro de agua de la cisterna. Algunos tragaron hasta morir; varios ahogados. Detectives Cross y O'Shaughnessy pasaron por la ciudad, pero fueron hacia el sur, así que no dieron con el elefante. Toda la región aterrorizada en muchas millas a la redonda: la gente huye de sus casas. Se encuentran con elefante en todas partes, y muchos han muerto.

DETECTIVE BRANT

Yo tenía ganas de echarme a llorar, a tal punto me afligían aquellos estragos. Pero el inspector se limitó a decir:

—Ya lo ve… Le estamos pisando los talones. Siente nuestra presencia: se ha dirigido de nuevo hacia el este.

Pero nos estaban reservadas noticias aún más intranquilizadoras. El telégrafo trajo lo siguiente:

Hogansport, 12.19

Recién llegado. Elefante pasó hace media hora, causando gran pánico y tumulto. Elefante embistiendo furioso por las calles. Se encontró con dos fontaneros: uno murió, el otro escapó. Duelo general.

DETECTIVE O'FLAHERTY

—Ahora se encuentra justo en medio de mis hombres —dijo el inspector—. No tiene escapatoria.

Llegaron una serie de telegramas de detectives procedentes de toda la geografía de New Jersey y Pennsylvania, que seguían el rastro del elefante a través de graneros, fábricas y bibliotecas de escuelas dominicales completamente arrasados, y cuyos mensajes estaban llenos de grandes esperanzas…, esperanzas que llegaban incluso a certidumbres. El inspector dijo:

—Ojalá pudiera comunicarme con ellos y ordenarles que se dirigieran hacia el norte, pero es imposible. Un detective solo acude a la oficina telegráfica para enviar su informe; luego vuelve a su trabajo, y ya no hay manera de pillarlo.

Llegó este telegrama:

Bridgeport, Connecticut, 12.15

Barnum ofrece cuota anual de cuatro mil dólares por derechos exclusivos de usar elefante como medio publicidad ambulante, desde ahora hasta que los detectives lo encuentren. Quiere colgar carteles de circo. Desea respuesta inmediata.

DETECTIVE BOGGS

—¡Esto es completamente absurdo! —exclamé.

—Claro que lo es —dijo el inspector—. Evidentemente el señor Barnum, que se cree muy listo, no me conoce…, pero yo le conozco bien a él.

Y luego dictó el siguiente telegrama:

Oferta del señor Barnum rechazada. Siete mil dólares o nada.

INSPECTOR JEFE BLUNT

—Eso es. No tardaremos mucho en obtener respuesta. El señor Barnum no se encuentra en su casa, sino en la oficina de telégrafos: ese es su estilo cuando tiene un negocio entre manos. Dentro de tres…

Trato hecho.

P. T. BARNUM

Y con eso se interrumpió el tableteo del aparato telegráfico. Antes de que pudiera hacer algún comentario sobre aquel extraordinario episodio, el siguiente telegrama condujo mis pensamientos en otra dirección mucho más angustiosa:

Bolivia, Nueva York, 12.50

Elefante llegado aquí desde el sur a las 11.50, y huido hacia el bosque, dispersando en su camino un entierro y acabando con dos miembros del cortejo fúnebre. Civiles dispararon contra él pequeñas balas de cañón y luego huyeron. Detective Burke y yo llegamos diez minutos más tarde, desde el norte; pero tomamos como huellas ciertas excavaciones y perdimos mucho tiempo. Encontramos al fin la pista buena y la seguimos hacia el bosque. Avanzamos a cuatro patas, sin apartar los ojos del rastro, y lo perseguimos entre la vegetación. Burke iba delante. Por desgracia, el animal se había detenido a descansar: de modo que Burke, con la cabeza gacha y los ojos fijos en el rastro, se dio de bruces contra las patas traseras del elefante antes de darse cuenta de su proximidad. Burke se levantó al momento, lo cogió de la cola y exclamó alegremente: «Reclamo la recomp...», pero no pudo seguir, pues de un solo trompazo el animal abatió mortalmente al valeroso compañero, dejándolo hecho pedazos. Retrocedí a toda prisa, y el elefante dio la vuelta y empezó a perseguirme con pasmosa velocidad, pisándome los talones hasta llegar a la linde del bosque. Me habría visto irremisiblemente perdido de no ser de nuevo por la providencial intervención del entierro, cuyos despojos distrajeron su atención. Acabo de enterarme de que ya no quedan restos del cortejo fúnebre, pero tanto da, porque existe abundante material para otro. Entretanto, el elefante ha vuelto a desaparecer.

DETECTIVE MULROONEY

No volvimos a saber nada —a excepción de las noticias que enviaban los diligentes detectives diseminados por New Jersey, Pennsylvania, Delaware y Virginia, todos los cuales seguían nuevas y alentadoras pistas—, hasta que poco después de las dos de la tarde recibimos el siguiente telegrama:

Baxter Center, 2.15

Elefante pasó por aquí, completamente cubierto de carteles de circo, y disolvió asamblea evangelista, embistiendo y contusionando a muchos que se disponían a pasar a mejor vida. Civiles lo cercaron y montaron guardia. Cuando detective Brown y yo llegamos, entramos en cercado y procedimos a identificar elefante mediante fotografía y descripción. Todo concordaba exactamente, excepto un detalle que no pudimos ver: forúnculo bajo axila. Para asegurarse, Brown se deslizó debajo de elefante para mirar, y fue inmediatamente descalabrado: aplastado y aniquilado, aunque nada se encontró bajo escombros. Todo el mundo huyó; y también elefante, golpeando a diestra y siniestra certeramente. Escapó, pero dejando abundante reguero de sangre de las heridas de cañón. Seguro volver a encontrarlo. Se escabulló hacia el sur, a través denso bosque.

DETECTIVE BRENT

Este fue el último telegrama. Al anochecer, cayó una niebla tan densa que no podía distinguirse nada a más de tres pasos de distancia. Esto duró toda la noche. El transporte fluvial e incluso los ómnibus se vieron obligados a dejar de circular.

III

A la mañana siguiente, los periódicos venían llenos de teorías detectivescas, al igual que el día anterior; y también abundaban en detalles sobre los trágicos hechos acaecidos, y otros muchos más recogidos directamente de sus corresponsales telegráficos. Hasta una tercera parte de cada columna, una tras otra, estaba ocupada por enormes y terribles titulares, cuya lectura destrozaba mi corazón. Su tono general era más o menos este:

¡El elefante blanco anda suelto! ¡Prosigue su fatídica marcha! ¡Pueblos enteros abandonados por sus habitantes aterrorizados! ¡El pánico le precede, dejando a su paso muerte y devastación! ¡Los detectives siguen su rastro! ¡Graneros destruidos, fábricas arrasadas, cosechas devoradas, asambleas públicas dispersadas, acompañadas de escenas de matanzas imposibles de describir! ¡Teorías de treinta y cuatro de los más distinguidos detectives de la fuerza policial! ¡La teoría del inspector jefe Blunt!

—¡Lo ve! —dijo el inspector Blunt, casi traicionándose en su exaltación—. ¡Esto es magnífico! Es el mayor golpe de fortuna que jamás haya tenido una organización de detectives. La fama de este suceso se extenderá por todos los confines de la tierra y perdurará hasta el fin de los tiempos, y con ella mi nombre.

Pero yo no compartía su alegría. Sentía como si yo hubiese cometido todos aquellos crímenes sangrientos, y el elefante no fuese sino mi agente inconsciente. ¡Y cómo había ido creciendo la lista…! En cierto lugar había «intervenido en unas elecciones, matando a cinco electores que repetían voto». A este acto le siguió la aniquilación de dos pobres tipos, llamados O'Donohue y McFlannigan, que habían «encontrado refugio en el hogar de los oprimidos del mundo entero justo el día anterior, y estaban ejerciendo por primera vez el noble derecho de los ciudadanos americanos en las urnas cuando fueron abatidos por la mano implacable del Azote de Siam».

En otro lugar había «encontrado a un exaltado predicador sensacionalista que preparaba para su próximo sermón una serie de ataques heroicos contra el baile, el teatro y otras cosas difícilmente justificables, y lo aplastó con sus enormes patas». Y aun en otro sitio había «matado a un agente para la instalación de pararrayos». Y de esta forma proseguía la lista, tornándose cada vez más y más sangrienta, y cada vez más y más desgarradora. Sesenta personas habían resultado muertas, y doscientas cuarenta heridas. Todos los testimonios daban fe de la abnegada labor de los detectives, y todos terminaban señalando que «trescientos mil ciudadanos y cuatro detectives habían visto a la terrible bestia, y dos de los últimos habían sido aniquilados por ella».

Temía volver a escuchar en cualquier momento el tableteo del aparato telegráfico. Los mensajes no tardaron en llegar, pero me sentí felizmente decepcionado por su naturaleza. Pronto se supo que se había perdido todo rastro del elefante. La niebla le había permitido encontrar un buen escondrijo, aún no localizado. Telegramas llegados de todas partes, absurdamente distantes entre sí, informaban de que se había vislumbrado una vaga y gigantesca mole a través de la niebla, a tal y a cual hora, y que «se trataba indudablemente del elefante». Esa vaga y gigantesca mole había sido observada en New Haven, en New Jersey, en Pennsylvania, en el estado de Nueva York, en Brooklyn… ¡e incluso en la misma ciudad de Nueva York! Pero en todos los casos la vaga y gigantesca mole se había esfumado rápidamente sin dejar rastro. Todos los detectives de la numerosa fuerza policial diseminada por aquella enorme extensión del país enviaban sus comunicados cada hora, y todos tenían una pista, seguían estrechamente algún rastro y estaban a punto de dar con él.

Pero el día pasó, sin resultado alguno.

Al día siguiente, lo mismo.

Al otro, exactamente igual.

Las informaciones de los periódicos empezaban a ser monótonas, con datos que no revelaban nada nuevo, con pistas que no conducían a ninguna parte, y teorías que habían agotado prácticamente los elementos de sorpresa, deleite y asombro.

Por consejo del inspector, doblé la recompensa.

Siguieron cuatro días anodinos. Luego cayó sobre los pobres y esforzados detectives un duro y amargo golpe: los periodistas se negaban a publicar sus opiniones, declarando fríamente:

—¡Dadnos un respiro!

Dos semanas después de la desaparición del elefante, aumenté la recompensa hasta setenta y cinco mil dólares, por consejo del inspector. Era una cantidad muy considerable, pero estaba convencido de que era mucho mejor sacrificar toda mi fortuna particular que perder mi crédito ante el gobierno. Ahora que los detectives se encontraban en una situación tan adversa, los periódicos se volvieron contra ellos y empezaron a atacarles con los más hirientes sarcasmos. Esto dio una idea a los cantantes cómicos de cara negra, que, disfrazados de detectives, simulaban cazar al elefante por el escenario haciendo ridículas extravagancias.

Los caricaturistas dibujaron estampas satíricas de detectives escudriñando el país con catalejos, mientras el elefante, a sus espaldas, les robaba manzanas de los bolsillos. Y representaban la placa policial con toda suerte de imágenes ridículas; sin duda habrá visto la placa estampada en oro al final de las novelas de detectives: un ojo muy abierto, con la leyenda SIEMPRE ALERTA. Cuando los detectives pedían una bebida, el camarero con ínfulas de gracioso resucitaba una forma de expresión caída en desuso y decía: «¿Quiere un trago de esos que hacen abrir los ojos?». Y es que la atmósfera estaba cargada de sarcasmos.

Pero había un hombre que se movía tranquila e imperturbablemente en medio de todo aquello, sin que pareciera afectarle en absoluto. Se trataba de aquel corazón de pedernal: el inspector jefe. Sus ojos valerosos nunca bajaron ante nadie; su serena confianza no vaciló jamás. Siempre decía:

—Que sigan con sus mofas… El que ríe último ríe mejor.

Mi admiración hacia aquel hombre fue creciendo hasta convertirse en una especie de idolatría. No me apartaba de su lado. Cada día que pasaba su despacho me resultaba un lugar más desagradable, pero, si él podía soportarlo, yo estaba dispuesto a hacer lo mismo: al menos aguantaría todo el tiempo que me fuera posible. Así que acudía allí regularmente, y me quedaba, y era el único extraño que parecía poder soportarlo. Todo el mundo se asombraba de ello, y con frecuencia pensaba que debía abandonar ya, pero en tales ocasiones contemplaba el rostro tranquilo y aparentemente despreocupado del inspector, y permanecía firme en mi puesto.

Habían pasado ya tres semanas desde la desaparición del elefante, y una mañana, cuando estaba a punto de declarar que no me quedaba más remedio que plegar velas y retirarme, el genial detective me hizo desistir de tal idea proponiéndome una nueva, soberbia y magistral táctica.

Se trataba de hacer un trato con los ladrones. La fertilidad inventiva de aquel hombre excedía a cuanto yo hubiera visto hasta entonces, y debo decir que he tenido amplio trato con las mentes más refinadas del mundo entero. Aseguró estar convencido de que podría llegar a un acuerdo por cien mil dólares y recuperar así el elefante. Le dije que creía poder reunir esa suma, pero ¿qué sería de los pobres detectives que tan fielmente habían colaborado? Me dijo:

—En este tipo de tratos siempre se llevan la mitad.

Eso echó por tierra mi única objeción. Así pues, el inspector escribió dos notas que decían así:

Apreciada señora:
Su marido puede ganar una buena cantidad de dinero (y verse totalmente protegido por la ley) si concierta una reunión inmediata conmigo.
INSPECTOR JEFE BLUNT

Envió una de ellas con su mensajero confidencial a la «reputada mujer» de Brick Duffy, y la otra, a la reputada mujer de Red McFadden.

Al cabo de una hora, se recibieron estas ofensivas respuestas:

Viejo chalado:
Brick Duffy murió ace dos años.
BRIDGET MAHONEY
Jefe de los mochuelos:

Red McFadden fue colgado *ará* unos dieciocho meses. Cualquier asno que no sea detective lo *save*.
MARY O'HOOLIGAN

—Hacía tiempo que sospechaba estos hechos —dijo el inspector—. Estos testimonios solo demuestran el infalible acierto de mi instinto.

En cuanto fracasaba uno de sus recursos, ya tenía uno nuevo a punto. A continuación redactó un anuncio para los periódicos de la mañana, del cual conservé una copia.

A. — xwblv. 242 N. Tjnd — fz328wmlg. Ozpo, —; 2 m! ogw. Mum[1].

Dijo que, si el ladrón estaba vivo, aquello le haría acudir al lugar de encuentro habitual. Después explicó que allí era donde se trataban todos los asuntos importantes entre detectives y criminales. El encuentro tendría lugar a las doce de la noche siguiente.

Nada más se podía hacer hasta entonces, así que no perdí ni un momento en abandonar el despacho, agradecido sobremanera por aquel privilegio.

A las once en punto de la noche siguiente llevé cien mil dólares en billetes de banco, que deposité en manos del inspector jefe; poco después se despidió de mí, con la valerosa e imperturbable expresión de confianza en su mirada. Casi había transcurrido una hora de insoportable angustia cuando escuché acercarse sus benditos pasos, y me levanté y salí jadeando y tambaleante a su encuentro. ¡Cómo llameaban sus nobles ojos por el triunfo…! Me dijo:

—¡Hemos llegado a un acuerdo! ¡Qué canción más diferente entonarán mañana esos que se burlan tanto! ¡Sígame!

Cogió una vela encendida y bajó a grandes zancadas al gran sótano abovedado, donde solían dormir unos sesenta detectives, una veintena de los cuales estaba jugando a cartas para matar el tiempo. Yo le seguía muy de cerca. Se dirigió raudo hasta el extremo más oscuro y alejado del subterráneo, y cuando me encontraba a punto de sucumbir a una angustiosa sensación de asfixia y de desmayarme, el inspector tropezó y cayó encima de los miembros estirados de un voluminoso objeto, y mientras caía le oí exclamar:

—¡Nuestra noble profesión queda reivindicada! ¡Aquí tiene a su elefante!

---

[1] Esa secuencia forma parte de un mensaje cifrado o aparentemente codificado que el inspector (en este caso, probablemente una parodia del típico detective de los relatos policiales) redacta para atraer al supuesto ladrón. Twain la usa como un recurso humorístico y absurdo, una burla del lenguaje secreto y de los "enigmas detectivescos" de su época.

Tuve que ser llevado a las oficinas de arriba y reanimado con ácido fénico. Toda la fuerza detectivesca entró en tromba y estalló en una escena de algarabía triunfal como nunca hasta entonces había visto. Se llamó a los periodistas, se abrieron cajas enteras de champán, se hicieron numerosos brindis, los apretones de manos y las enhorabuenas fueron continuas y entusiastas. Como es natural, el inspector jefe era el héroe del momento, y su dicha era tanta, y había sido ganada de forma tan paciente, digna y valerosa, que me sentí muy feliz al verle, aunque yo no fuese allí más que un miserable sin hogar, con mi inestimable carga muerta y mi posición al servicio de mi país irremediablemente perdida por lo que siempre sería considerado como la ejecución fatalmente negligente de un importantísimo encargo. Muchas miradas elocuentes testimoniaron su profunda admiración hacia el jefe, y más de una voz de detective murmuró: «Miradlo bien: es el rey de la profesión. Dadle una pista, es todo cuanto necesita, y solo con eso no habrá nada, por oculto que esté, que él no pueda encontrar». Causó inmenso placer el reparto de los cincuenta mil dólares; cuando terminó, el inspector jefe pronunció un pequeño discurso, mientras se guardaba su parte en el bolsillo, en el que dijo:

—Disfrutadlo, muchachos, os lo habéis ganado. Y aún más que eso: habéis ganado la inmortal fama de la profesión de detective.

Entonces llegó un telegrama, que decía lo siguiente:

Monroe, Michigan, 10 de la noche

Por primera vez después de tres semanas encuentro oficina telegráfica. Todavía sigo aquellas huellas, a caballo, a través de los bosques, durante más de mil millas, y son cada vez más fuertes, grandes y frescas. No se preocupe: antes de una semana encontraré elefante. Eso seguro.

DETECTIVE DARLEY

El jefe pidió tres vítores por «Darley, una de las mentes más lúcidas de nuestro cuerpo», y luego ordenó que se le telegrafiase de inmediato para que regresara y recibiera su parte de la recompensa.

Así terminó este fantástico episodio del elefante robado. A la mañana siguiente, los periódicos fueron una vez más pródigos en grandes elogios, con una única y despreciable excepción. Aquel diario decía: «¡Qué detective tan genial! Quizá haya sido un poco lento en encontrar una minucia como un elefante perdido: puede que lo haya estado persiguiendo durante todo el día y durmiendo por la noche sobre su carcasa putrefacta durante tres semanas, pero al final lo encontrará…, ¡si consigue que el hombre que lo extravió le indique su paradero!».

Había perdido para siempre al pobre Hassan. Los cañonazos le habían herido mortalmente. Se había arrastrado entre la niebla hasta aquel inhóspito lugar, y allí, rodeado por sus enemigos y en peligro constante de ser descubierto, había ido consumiéndose de hambre y sufrimiento hasta que la muerte le trajo la paz.

El trato me costó cien mil dólares; los gastos de los detectives sumaron cuarenta y dos mil más; mi gobierno ya no volvió a confiarme ninguna misión ni cargo público; soy un hombre arruinado que vaga errante por el mundo…, pero mi admiración hacia aquel hombre, que a mi entender es el más grande detective que jamás haya existido, se mantiene viva hasta hoy, y seguirá así hasta el fin de mis días.

UNA HISTORIA SIN FINAL

Teníamos un juego en el barco que era un buen pasatiempo; por lo general sucedía en la noche, en la sala de fumadores, cuando los hombres se desprendían de la monotonía y el aburrimiento de la jornada. Se trataba de completar historias incompletas. Es decir, alguno contaba una historia completa a excepción del final, y entonces los otros trataban de ofrecer un final según su propia invención. Cuando todos habían tenido su oportunidad, el que había presentado la historia revelaba el desenlace original y cada cual daba su opinión. Algunas veces, los nuevos finales resultaban ser mejores que el original. Pero la historia que exigió el más persistente, resuelto y ambicioso esfuerzo fue una que no tenía final, de tal forma que no había nada con qué comparar los desenlaces recién inventados. Aquel que la contó declaró que podía ofrecer todos los detalles solo hasta cierto punto, pues eso era todo lo que sabía de la historia.

La había leído en un volumen de relatos breves hacía veinticinco años, y lo habían interrumpido antes de llegar al final. Le daría cincuenta dólares a cualquiera que pudiera terminar la historia a satisfacción de un jurado elegido por nosotros mismos. Nombramos el jurado y forcejeamos con la trama. Inventamos múltiples finales, pero el jurado los rechazó todos. El jurado tenía razón. Se trataba de una historia cuyo autor tal vez habría podido completar satisfactoriamente, y si en realidad contó con esa buena fortuna, me hubiera gustado conocer cuál fue el final. Cualquiera se dará cuenta de que la fuerza de la historia radica en su núcleo, y que aparentemente no hay forma de transferir esa fuerza a la conclusión, donde, por supuesto, debería estar. En esencia, la historia era como sigue:

John Brown, de treinta y un años, bondadoso, gentil, sugestionable y tímido, vivía en un tranquilo pueblo de Missouri. Era superintendente de la escuela dominical presbiteriana. Se trataba de una humilde distinción; aun así, era la única distinción oficial que tenía, se sentía modestamente orgulloso de ella y se entregaba con devoción a su trabajo y sus intereses. Todos reconocían la extrema bondad de su carácter; de hecho, la gente afirmaba que estaba hecho de buenas intenciones y modestia, que siempre se podía contar con su ayuda cuando resultaba necesario, y también con su modestia, tanto si se necesitaba como si no.

Mary Taylor, de veintitrés años, humilde, dulce, agradable y hermosa tanto por su carácter como por su físico, significaba todo para él. Y él también lo era casi todo para ella. Ella se mostraba vacilante, las esperanzas de él eran altas. La madre de ella se había opuesto desde el principio. Pero ella también vacilaba; él podía darse cuenta. La había conmovido el interés afectuoso que él mostró por dos protegidas que ella tenía y por las contribuciones que él había hecho para su sustento. Eran dos hermanas desamparadas y ancianas que vivían en una cabaña de troncos, en un rincón solitario cerca de un cruce de caminos, a unas cuatro millas de la granja de la señora Taylor. Una de las hermanas estaba loca, y algunas veces era un poco violenta, aunque no muy a menudo.

Pareció, por fin, que el tiempo se mostraba propicio para un avance definitivo, y Brown hizo acopio de valor para llevarlo a cabo. Llevaría una contribución el doble de lo usual y se ganaría a la madre; con su oposición anulada, el resto de la conquista sería seguro y rápido.

Echó a andar a media tarde de un plácido domingo en el suave verano de Missouri, e iba convenientemente equipado para su misión. Llevaba un traje completo de lino blanco con una cinta azul como corbata y calzaba unos botines elegantes y ceñidos. Su caballo y su calesín eran los mejores entre los que podía suministrar la caballeriza. La capa para el regazo era de lino blanco, nueva, y tenía un ribete bordado a mano que no podía tener rival en toda la región por su belleza y diseño.

Cuando había avanzado unas cuatro millas por el camino solitario y conducía su caballo al cabestro a lo largo de un puente de madera, su sombrero de paja salió volando y cayó en el arroyo, flotó corriente abajo y se atascó en unas ramas. No supo muy bien qué hacer. Tenía que recuperar el sombrero, eso era evidente, pero ¿cómo?

Entonces tuvo una idea. El camino estaba desierto, no había aún nadie por ahí. Sí, tomaría el riesgo. Condujo el caballo hasta el borde del camino y lo puso a pastar en la hierba; después se desvistió y puso la ropa en el calesín, acarició al caballo un rato para asegurar su compasión y lealtad, y se lanzó rápido al arroyo. Nadó y recobró rápidamente el sombrero. Pero cuando alcanzó la orilla, ¡el caballo había desaparecido!

Las piernas casi dejaron de sostenerlo. El caballo avanzaba despreocupadamente por el camino. Brown trotó detrás, diciendo: "Whoa, whoa, buen muchacho"; pero cada vez que se acercaba lo suficiente para alcanzar de un salto el calesín, el caballo aceleraba un poco el paso y frustraba su intento. Y así siguió la cosa, el hombre desnudo desfalleciendo de ansiedad y esperando a cada momento ver aparecer gente. Sin embargo, lo seguía, implorándole al caballo, suplicándole, hasta que hubo recorrido una milla y se acercaba ya a la propiedad de los Taylor; entonces, por fin, tuvo éxito y logró subirse al calesín.

Se puso de un golpe la camisa, la corbata y la chaqueta; entonces estiró la mano para alcanzar los… pero fue demasiado tarde; se reacomodó de inmediato y agarró la capa, pues había visto a alguien acercarse a la puerta: una mujer, pensó. Hizo girar el caballo hacia la izquierda y lo espoleó enérgicamente camino arriba. El sendero era completamente recto y despejado a ambos lados; pero unas tres millas más adelante había un bosque y el camino daba un giro abrupto, y se sintió muy agradecido cuando llegó hasta ahí. Mientras tomaba la curva puso el caballo al paso y alargó la mano para buscar los pantalones… también demasiado tarde.

Se acababa de encontrar con la señora Enderby, la señora Glossop y la señora Taylor con Mary. Iban a pie y parecían estar cansadas y agitadas. Se lanzaron de inmediato hacia el calesín y le estrecharon la mano, y todas hablaron al mismo tiempo, diciendo, ansiosas y serias, cuánto se alegraban de que él hubiera llegado, de lo afortunado que resultaba el encuentro. Y entonces la señora Enderby dijo con admiración:

—Parece un accidente su llegada en este preciso instante; pero que nadie lo profane con esa palabra. Ha sido enviado… enviado desde lo alto.

Todas se mostraron impresionadas, y la señora Glossop dijo en tono respetuoso:

—Sarah Enderby, nunca has dicho nada más verdadero en toda tu vida. Esto no es un accidente, es una especial Divina Providencia. Él ha sido enviado. Es un ángel… un ángel tan verdadero como nunca lo ha sido ningún ángel… un ángel de salvación. Y digo ángel, Sarah Enderby, y no usaré ninguna palabra distinta. No permitan que nadie nunca me vuelva a decir que no existen cosas tales como las especiales Divinas Providencias; pues si esta no es una, díganme entonces qué es.

—Yo sé que es así —afirmó la señora Taylor, fervientemente—. John Brown, podría reverenciarte; podría arrodillarme frente a ti. ¿No hubo algo que te lo dijo?… ¿No sentiste que habías sido enviado? Podría besar el dobladillo de esa capa en tu regazo.

Brown era incapaz de hablar; se sentía impotente por la vergüenza y el terror. La señora Taylor continuó:

—Por Dios, tan solo da una mirada a tu alrededor, Julia Glossop. Cualquier persona puede ver la mano de la Divina Providencia en esto. Aquí, a mediodía, ¿qué es lo que vemos? Vemos un humo que se eleva. Yo hablo y digo: "Se está quemando la cabaña de las ancianas". ¿No fue así, Julia Glossop?

—Las mismas palabras que dijiste, Nancy Taylor. Yo me encontraba tan cerca de ti como lo estoy ahora, y pude escucharlas. Pudiste haber dicho choza en lugar de cabaña, pero en esencia es lo mismo. Y te veías pálida, además.

—¿Pálida? Estaba tan pálida como… por Dios, simplemente compáralo con esta capa. Entonces lo siguiente que dije fue: "Mary Taylor, dile al jornalero que prepare los caballos… iremos al rescate". Y ella contestó: "Mamá, ¿no recuerdas que le dijiste que podía ir a visitar a su familia y pasar allá el domingo?" Y así había sido, lo declaro, lo había olvidado. "Entonces —dije yo— iremos a pie". Y nos fuimos. Y nos encontramos con Sarah Enderby por el camino.

—Y seguimos todas juntas —añadió la señora Enderby—. Y encontramos que la loca había prendido fuego e incendiado la cabaña, y las dos pobres estaban tan viejas y débiles que no podían ponerse en movimiento. Y entonces las llevamos a un lugar cubierto y las acomodamos lo mejor posible, y empezamos a preguntarnos qué hacer para encontrar la manera de transportarlas hasta la casa de Nancy Taylor. Y yo hablé y dije… ¿qué fue lo que dije? ¿No dije "la Divina Providencia proveerá"?

—¡Pues tan seguro como que estás viva! Lo había olvidado.

—Yo también —señaló la señora Glossop y la señora Taylor agregó—: pero sin duda lo dijiste. ¿No es eso asombroso?

—Sí, lo dije. Y entonces fuimos hacia donde el señor Moseley, a dos millas de distancia, y todos en la casa habían salido hacia un encuentro campestre en Stony Fork; y entonces nos devolvimos todo el trayecto, las dos millas, y después hasta aquí, otra milla… y la Divina Providencia ha provisto. Lo pueden ver por sí mismas.

Se miraron entre sí con un estremecimiento y, levantando las manos, dijeron al unísono:

—Es absolutamente maravilloso.

—¿Qué creen entonces que deberíamos hacer? —dijo la señora Glossop—. ¿Dejar que el señor Brown lleve a las ancianas donde Nancy Taylor una por una, o que las suba a las dos en el calesín y que él dirija el caballo a pie?

Brown tragó saliva.

—Pero creo que tenemos un problema —comentó la señora Enderby—. Escuchen, estamos todas exhaustas y, de cualquier forma que lo arreglemos, va a ser difícil. Si el señor Brown las sube a las dos, por lo menos una de nosotras deberá regresar con él para ayudarlo, pues no podrá subirlas a las dos él solo, tan indefensas como están.

—Eso es cierto —dijo la señora Taylor—. No parece… ¡cómo podría ser! Una de nosotras va hasta allá con el señor Brown, y las demás van hasta mi casa y lo preparan todo. Yo iré con él. Él y yo juntos podemos subir a una de las ancianas al calesín; después la llevaremos hasta mi casa y…

—¿Pero quién se hará cargo de la otra mujer? —preguntó la señora Enderby—. No podemos dejarla allá sola en el bosque, y menos si es la loca. Son ocho millas de ida y vuelta, ¿saben?

En ese momento, todas se habían sentado en la hierba al lado del calesín para descansar sus agotados cuerpos. Permanecieron un par de segundos en silencio, debatiéndose mentalmente frente a la intrincada situación. Entonces, a la señora Enderby se le iluminó el rostro y dijo:

—Creo tener ya la solución. Escuchen, no podemos caminar más. Piensen en lo que hemos caminado; cuatro millas allá, dos hasta donde los Moseley, son seis, y después de regreso hasta acá… son nueve millas desde el mediodía, y sin probar bocado: confieso que no entiendo cómo lo hicimos; y en cuanto a mí, estoy simplemente muerta de hambre. Ahora, alguna tiene que regresar para ayudarle al señor Brown, eso no tiene discusión; pero quien sea que vaya tiene que ir en el calesín y no a pie. Así que esta es mi idea: una de nosotras va en el calesín con el señor Brown; después sigue en el calesín hasta la casa de Nancy Taylor con una de las ancianas, dejando que el señor Brown se quede acompañando a la otra anciana, y las demás van ahora mismo a la casa de Nancy a descansar y esperar; entonces, una de ustedes regresa en el calesín y recoge a la otra anciana y la lleva hasta la casa de Nancy, y el señor Brown regresa a pie.

—¡Magnífico! —exclamaron todas al tiempo—. Oh, eso será perfecto, esa es la solución perfecta.

Y todas afirmaron que la señora Enderby tenía la mejor mente planificadora del grupo, y afirmaron también que las sorprendía no haber pensado ellas mismas en ese plan tan sencillo. No había sido intención de esas buenas almas sencillas retirar el cumplido, y no se percataron de que lo habían hecho. Después de consultarlo entre todas, decidieron que la señora Enderby debería acompañar de regreso al señor Brown, pues se le otorgaba el derecho a esa distinción por haber sido la que ideó el plan. Teniendo ya todo satisfactoriamente arreglado y resuelto, las damas se pusieron de pie, aliviadas y contentas, sacudieron sus trajes y tres de ellas empezaron a caminar hacia la granja. La señora Enderby puso el pie en el estribo del calesín, dispuesta a subir, cuando Brown encontró un resto de voz y musitó:

—Por favor, señora Enderby, dígales que regresen… me siento muy débil. No puedo caminar, no puedo hacerlo.

—¡Pero, mi querido señor Brown! Se ve, en realidad, muy pálido. Me avergüenzo de mí misma por no haberme dado cuenta antes. ¡Regresen, todas ustedes! El señor Brown no se encuentra bien. ¿Hay algo que pueda hacer por usted, señor Brown? Lo siento mucho. ¿Tiene algún dolor?

—No, señora, solo estoy débil; no estoy enfermo, solo un poco débil… últimamente, no hace mucho, solo últimamente.

Las otras mujeres regresaron y expresaron ruidosamente sus condolencias y conmiseraciones, y se reprocharon a sí mismas por no haberse dado cuenta de lo pálido que estaba. Y de inmediato trazaron un nuevo plan, y no les costó mucho estar de acuerdo en que era, de lejos, el mejor plan de todos. Todas irían hasta la casa de Nancy Taylor y verían primero por el cuidado del señor Brown. Él podía echarse en el sofá del vestíbulo, y mientras la señora Taylor y Mary lo atendían, las otras señoras tomarían el calesín e irían a recoger a una de las ancianas, y entonces una permanecería con la otra y…

Para ese instante, y sin hacer ninguna otra consulta, ya estaban todas a un lado de la cabeza del caballo y empezaban a darle la vuelta. El peligro era inminente, pero Brown recuperó de nuevo la voz, poniéndose a salvo. Dijo:

—Pero, señoras, ustedes están pasando por alto un asunto que hace el plan impracticable. Escuchen, si traen a una de las mujeres a la casa, y una de ustedes se queda allá con la otra, habrá entonces tres personas allá cuando una de ustedes vaya a buscarlas, pues alguien tiene que conducir el calesín, y tres no podrían regresar a casa en el calesín.

—¡Pero claro, es verdad! —exclamaron todas al tiempo, y quedaron perplejas de nuevo.

—Dios, ¿qué podemos hacer? —preguntó la señora Glossop—. Es la cosa más enredada que haya visto nunca. Todo ese cuento del zorro, el ganso y el maíz… no es nada comparado con esto.

Volvieron a sentarse exhaustas, para seguir torturando sus mentes con un plan que pudiera funcionar. Entonces, Mary ofreció un plan; era su primer esfuerzo.

Les dijo:

—Soy joven y fuerte, y ya recuperé las energías. Acompañen al señor Brown hasta la casa y préstenle ayuda, ya ven cuánto la necesita. Yo me devuelvo y me hago cargo de las dos ancianas. Puedo estar allá en veinte minutos. Ustedes sigan haciendo lo que habían pensado en un principio: esperar en el camino principal, frente a nuestra casa, hasta que aparezca alguien con una carreta, y la mandan para que nos traigan de regreso a las tres. No tendrán que esperar mucho tiempo; los granjeros estarán pronto de regreso del pueblo. Mantendré tranquila y animada a la viejita Polly; a la loca no le hará falta.

Discutieron el plan y lo aceptaron; frente a las circunstancias, parecía ser el mejor posible, y además las dos ancianas debían estar ya desfalleciendo.

Brown se sintió aliviado y profundamente agradecido. Una vez lo dejaran llegar al camino principal, encontraría una ruta de escape.

Entonces la señora Taylor dijo:

—Dentro de muy poco empezará el frío de la tarde, y esas dos pobres y arruinadas criaturas van a necesitar algo con qué cubrirse. Llévate esa capa de lino contigo, querida.

—Muy bien, madre, de acuerdo.

Entonces la muchacha dio un paso hacia el calesín y alargó la mano para agarrar la capa…

Ese era el final de la historia. El pasajero que la narró dijo que hacía veinticinco años, cuando la estaba leyendo, se vio interrumpido en ese punto: el tren se precipitó por un puente.

Al principio, creíamos que podíamos terminar la historia fácilmente, y empezamos a trabajar confiados. Pero muy pronto empezó a ser evidente que la cosa no era sencilla, sino difícil e intrincada. La razón estaba en el carácter de Brown: gran generosidad y gentileza, pero con la complicación de su timidez y su retraimiento inusuales, particularmente en presencia de las damas. Estaba también su amor por

Mary, en un estado de esperanza, pero aún no del todo seguro; justo en un momento, en efecto, en que el asunto debía ser manejado con gran tacto, sin cometer errores, sin causar ofensas. Y estaba además la madre, indecisa, solícita solo a medias, a quien había que conquistar mediante una diplomacia hábil e impecable, y de inmediato, pues tal vez no habría otra oportunidad. Por otro lado, estaban las indefensas ancianas allá lejos, en los confines del bosque, esperando; su destino y la felicidad de Brown estaban determinados por lo que él hiciera en los dos siguientes segundos. Mary estiraba la mano para agarrar la capa en su regazo; Brown debía tomar una decisión, no había tiempo que perder.

Por supuesto, el jurado no aceptaría ningún final de la historia que no fuera un final feliz; la conclusión debía dejar a Brown muy bien parado ante las damas, sin mancha en su comportamiento, sin menoscabo de su modestia, manteniendo intacto su espíritu de sacrificio, con las dos ancianas rescatadas gracias a él, su benefactor, y todo el grupo orgulloso y feliz gracias a él, todas cantando sus alabanzas.

Intentamos acomodar todo esto, pero nos acosaban obstáculos persistentes e irreconciliables. Descubrimos que la timidez de Brown no le permitiría soltar la capa. Este hecho ofendería a Mary y a su madre, y sorprendería a las otras señoras, en parte porque tal mezquindad hacia las sufridas ancianas estaría en contradicción con Brown, y en parte porque él era una especial Divina Providencia y claramente no podía actuar de ese modo. Si le preguntaran por la causa de ese comportamiento, su timidez no le permitiría confesar la verdad, y la falta de imaginación y práctica lo harían incapaz de ingeniarse una mentira que arreglara todo. Trabajamos en ese complicado problema hasta las tres de la mañana.

Mientras tanto, Mary seguía alargando la mano hacia la capa de lino. Nos dimos por vencidos y decidimos dejar que la alcanzara. Es privilegio del lector determinar por sí mismo cómo se resolvió la cosa.

SUERTE

Este relato no es una ficción. Me lo contó un clérigo que fue instructor en Woolwich hace cuarenta años y que atestigua su veracidad. M. T.

En cierta ocasión asistí en Londres a un banquete celebrado en honor de uno de los dos o tres militares ingleses más destacados e ilustres de esta generación. Por razones que se entenderán más adelante, ocultaré su nombre real y títulos bajo los de teniente general lord Arthur Scoresby, Cruz Victoria, caballero de la Orden del Bath, etcétera, etcétera. ¡Qué extraordinaria fascinación produce todo nombre célebre! Sentado ante mí, en carne y hueso, estaba el hombre del que había oído hablar infinidad de veces desde el día en que, treinta años atrás, su nombre había saltado de repente a la gloria en un campo de batalla de Crimea, una gloria que ya no le abandonaría nunca más. Miraba y miraba a aquel semidiós, y sentía con ello saciarse mi hambre y mi sed; lo observaba, lo examinaba, lo escrutaba: la serenidad, la reserva y la noble gravedad de su rostro; la sencilla honestidad que impregnaba todo su ser; la dulce inconsciencia de su grandeza…, inconsciencia de los miles de ojos fijos admirativamente en él, inconsciencia de la honda, afectuosa y sincera adoración que brotaba de todos los corazones y manaba hacia él.

El clérigo que se sentaba a mi izquierda era un viejo amigo mío; pero, antes de vestir el hábito, había pasado la primera mitad de su vida en el campamento y en el campo de batalla como instructor en la escuela militar de Woolwich. Justo en el momento en que le hablaba de aquel gran personaje, vi centellear en sus ojos una velada y singular luz, se inclinó hacia mí y murmuró confidencialmente, haciendo un gesto en dirección al héroe del banquete:

—Entre nosotros… es un completo idiota.

Su sentencia constituyó una gran sorpresa para mí. Si el sujeto hubiera sido Napoleón, o Sócrates, o Salomón, mi asombro no podría haber sido mayor. Pero yo era muy consciente de dos cosas: que el reverendo era un hombre de la más estricta veracidad, y que sabía juzgar muy bien a las personas. Por consiguiente, tenía la certeza, más allá de cualquier género de dudas, que el mundo estaba equivocado con respecto a aquel héroe: en realidad, era idiota. Y me propuse averiguar, en su debido momento, cómo el reverendo, por sí solo y sin ayuda de nadie, había descubierto el secreto.

La ocasión se presentó pocos días más tarde, y esto es lo que me contó el reverendo:

Cuarenta años atrás, yo era instructor en la academia militar de Woolwich. Estaba presente en una de las secciones cuando el joven Scoresby se presentó al examen de ingreso. Enseguida sentí una gran lástima por él, ya que el resto de sus compañeros contestaba con brillantez y desenvoltura, mientras que él..., ¡Dios bendito!, él no sabía nada, lo que se dice nada. Era sin duda un muchacho bueno, dulce, adorable e ingenuo; y por ello me resultaba muy penoso verlo allí plantado, sereno como una imagen tallada, dando unas respuestas que eran un auténtico prodigio de estupidez e ignorancia. Sentí crecer en mi interior toda mi compasión para ayudar a aquel muchacho. Me dije que, cuando se examinara de nuevo, volvería sin duda a ser suspendido, por lo que intentar mitigar su caída en lo posible no sería más que un inofensivo acto de caridad. Lo llevé aparte y pude comprobar que sabía algo sobre la vida de César; y como a eso se limitaban sus conocimientos, me puse manos a la obra y lo adiestré como a un galeote sobre una serie de preguntas referentes a César que los examinadores solían hacer. ¡No me creerá, pero ese día Scoresby superó el examen con las más altas calificaciones! Aprobó con ese «relleno» puramente superficial, e incluso recibió felicitaciones, mientras que otros, con conocimientos muy superiores, fueron suspendidos. Por algún extraordinario accidente de la fortuna, de esos que no es probable que ocurran dos veces en el mismo siglo, no le hicieron una sola pregunta que se saliera de los estrechos límites de lo aprendido.

Fue algo pasmoso. En fin, durante todo ese curso me mantuve a su lado, mostrando hacia él un sentimiento parecido al de una madre por su hijo tullido; y Scoresby se salvaba siempre... y siempre por puro milagro, o así lo parecía.

Más tarde pensé que lo que le dejaría en evidencia y acabaría por fin con él serían las matemáticas. Decidí endulzar su muerte cuanto me fuera posible, y comencé a atiborrarle de conocimientos relacionados con el tipo de preguntas que era más probable que hicieran los examinadores; después, lo abandoné a su suerte. En fin, señor, intente imaginarse el resultado: ¡para mi consternación, Scoresby consiguió el primer puesto! Y, con ello, una clamorosa ovación de reconocimiento.

¿Dormir? No logré pegar ojo en una semana. Mi conciencia me atormentaba día y noche. Yo había obrado tan solo por caridad y con el fin de ayudar al pobre muchacho en su caída. Ni siquiera en sueños habría pensado que pudieran darse resultados tan absurdos. Me sentía tan culpable y miserable como Frankenstein. Teníamos allí a un completo zopenco al que yo había colocado en el camino de las promociones rutilantes y de las grandes responsabilidades, y solo podía esperarse una cosa: que él y sus responsabilidades se desmoronaran juntos a la primera oportunidad.

Acababa de estallar la guerra de Crimea. Pues claro, me dije, tenía que haber una guerra. No podíamos continuar en tiempos de paz y permitir que aquel asno muriera sin quedar antes al descubierto. Esperé el terremoto. Y llegó. Y a mí casi se me cayó el alma a los pies. ¡Scoresby había sido promocionado para la capitanía de un regimiento que marchaba al frente! Hombres infinitamente mejores envejecen y encanecen antes de lograr ascender a un grado tan alto. ¿Quién podría haber previsto que semejante responsabilidad pudiera recaer sobre hombros tan inexpertos e inadecuados? Apenas podría haberlo soportado en el caso de que hubiera sido nombrado portaestandarte; pero capitán… ¡Piense en ello! Sentí que el pelo se me ponía blanco.

Y fíjese en lo que llegué a hacer… yo, que amo tanto el reposo y la tranquilidad. Me dije a mí mismo que, ante el país, yo era responsable de aquello, por lo que debía mantenerme muy cerca de Scoresby para proteger a mi patria de él en todo lo que me fuera posible. De modo que, con un profundo suspiro, invertí mi escaso capital ahorrado tras muchos años de trabajo y penosa economía en comprarme una plaza de portaestandarte en su regimiento, y partimos hacia el campo de batalla.

Y una vez allí…, ¡oh, Dios, fue algo espantoso! ¿Equivocaciones? Scoresby no hacía otra cosa que cometerlas. Pero, naturalmente, nadie estaba al tanto de su secreto. Todos lo contemplaban bajo un prisma erróneo, y por fuerza malinterpretaban todas sus acciones. Así pues, consideraban sus estúpidos disparates como inspiraciones geniales. ¡En serio! Sus errores más leves habrían hecho llorar a cualquier hombre en su sano juicio; y a mí me hicieron llorar… y también rabiar y desvariar, en privado. ¡Y lo que mayores sudores fríos me provocaba era el hecho de que cada nuevo error que cometía aumentaba el esplendor de su reputación! Yo no paraba de repetirme que llegaría tan alto que, cuando al fin se descubriera la verdad, aquello sería como la caída del sol desde los cielos.

Fue ascendiendo de grado en grado por encima de los cadáveres de sus superiores, hasta que al final, en el momento más álgido de la batalla de… cayó nuestro coronel; sentí cómo el corazón se me subía a la garganta, porque Scoresby era quien lo seguía en rango. «Ahí lo tienes —me dije—. Dentro de diez minutos estaremos todos en el infierno».

La batalla era terriblemente encarnizada; los aliados retrocedían poco a poco en todos los frentes. Nuestro regimiento ocupaba una posición vital: una sola equivocación significaría la aniquilación total. Y en ese crucial momento, ¿qué cree que hizo aquel inmortal necio? ¡Pues retirar al regimiento de su posición y ordenar una carga contra una colina cercana, donde no había siquiera la sombra de un enemigo! «¡Ya está! —me dije—. Este es el fin».

Y allá que fuimos, y bordeamos la colina antes de que aquel delirante movimiento pudiera ser advertido y detenido. ¿Y qué encontramos al otro lado? ¡Pues a todo un insospechado ejército ruso de reserva! ¿Y qué ocurrió? ¿Nos aniquilaron? Eso es lo que por fuerza habría ocurrido en noventa y nueve de cada cien casos. Pero no; aquellos hombres, ante lo absurdo del ataque, pensaron que un regimiento aislado no podía ir allí a pastar en semejante momento. Debía tratarse necesariamente del ejército inglés en su totalidad, con lo que la astuta táctica rusa había sido descubierta y anulada; así que pusieron pies en polvorosa en medio de una gran confusión, subiendo por la colina y bajando hasta el mismo campo de batalla, y nosotros detrás de ellos. Y los propios rusos rompieron y disgregaron el sólido centro ofensivo de su ejército, y poco después salieron huyendo en la más tremenda desbandada que imaginarse pueda. ¡Y así los aliados vieron cómo su derrota se convertía en una victoria magnífica y arrolladora! El mariscal Canrobert había contemplado todo lo ocurrido, aturdido por el asombro, la admiración y el gozo. E inmediatamente hizo llamar a Scoresby, y lo abrazó y lo condecoró en el mismo campo de batalla ante todos los ejércitos.

¿Cuál había sido la equivocación de Scoresby en aquella ocasión? Pues sencillamente confundir su mano derecha con la izquierda… eso fue todo. Le habían ordenado retroceder y apoyar el flanco derecho; en lugar de ello, retrocedió «hacia delante», y bordeó la colina de la izquierda. Pero la fama conquistada ese día como fabuloso genio militar le valió la fama y la gloria en todo el mundo, que perdurarán incólumes mientras haya libros de historia.

Scoresby es todo lo bueno, dulce, adorable y humilde que puede ser un hombre, pero no sabe volver a casa cuando llueve. Esa es la auténtica verdad. Es el mayor asno que existe en todo el universo; y hasta hace media hora, esto era un secreto compartido entre él y yo. Scoresby se ha visto favorecido, día tras día y año tras año, por la suerte más fenomenal y asombrosa que pueda imaginarse. A lo largo de todas las guerras de nuestra generación ha sido nuestro soldado más brillante. Su carrera militar no ha sido más que una sucesión de tremendos errores, y no ha habido uno solo que no lo haya convertido en caballero, en baronet, en lord, o en lo que sea. Mire su pecho, todo revestido de condecoraciones, tanto nacionales como extranjeras. Pues bien, señor, cada una de ellas es el recordatorio de una u otra supina imbecilidad; y, todas juntas, la prueba irrefutable de que en este mundo lo mejor que le puede ocurrir a un hombre es nacer con suerte. Y le repito, tal como le dije en el banquete: Scoresby es un completo idiota.

HISTORIA DEL INVÁLIDO

Aunque mi aspecto es el de un hombre de sesenta años, y casado, no es verdad; ello se debe a mi condición y sufrimientos, pues soy soltero y solo tengo cuarenta y uno. Con dificultad creerán que yo, que ahora soy una sombra de lo que fui, hace apenas dos años era un hombre fuerte y rebosante de salud (un hombre de hierro, ¡un verdadero atleta!), sin embargo esta es la cruda realidad. Pero más extraño es todavía el modo en que perdí mi salud. Fue una noche de invierno, vigilando una caja de fusiles en un viaje de doscientas millas en ferrocarril. Es la pura verdad, y voy a contarles cómo sucedió.

Soy de Cleveland, Ohio. Hace dos años, una noche de invierno, llegaba a casa poco después del anochecer, en medio de una furiosa tempestad de nieve, y lo primero que me dijeron al entrar fue que mi más querido compañero de escuela y amigo de la infancia, John B. Hackett, había muerto el día anterior, y que en sus últimas palabras había manifestado el deseo de que yo llevase sus restos mortales a sus pobres padres ancianos, que vivían en Wisconsin. Me sentí desconcertado y afligido, pero no había tiempo que perder en emociones: era preciso partir de inmediato. Cogí la tarjeta que decía: «Diácono Levi Hackett, Bethlehem. Wisconsin», y eché a correr a través de la horrible tempestad hacia la estación del ferrocarril. Una vez allí, encontré la larga caja de pino blanco que me habían descrito. Clavé en ella la tarjeta con algunas tachuelas, la dejé con cuidado en el vagón del tren expreso y me apresuré al restaurante, a buscar un sándwich y algunos cigarros. Cuando, al poco rato, volví, mi ataúd estaba otra vez en el suelo, y un muchacho lo miraba por todos lados con una tarjeta en la mano, unas tachuelas y ¡un martillo! Me quedé boquiabierto y desconcertado.

Empezó a clavar su tarjeta, y eché a correr hacia el vagón del expreso, con gran turbación, para exigir una explicación. Pero no, mi caja estaba allí, como la había dejado yo, en el vagón. No había ningún contratiempo que lamentar. (Pero, en realidad, sin sospecharlo, se había producido una prodigiosa equivocación: yo me llevaba una caja de fusiles que aquel muchacho había ido a facturar, y que iba destinada a una asociación de cazadores de Peoria, Illinois, y él se llevaba ¡mi cadáver!). En ese instante un mozo de estación empezó a gritar: «¡Viajeros, al tren!». Me metí en el tren, y conseguí un asiento confortable encima de un fardo de cubos. Allí estaba el diligente encargado del equipaje, de unos cincuenta años, de aspecto sencillo, honrado y de buen talante, que hablaba con amable cordialidad. Cuando arrancó el convoy, un desconocido, de un salto, dejó un paquete con un queso limburger singularmente curado y oloroso en un extremo de mi ataúd, o sea, de mi caja de fusiles. Mejor dicho, ahora sé que aquello era un queso limburger, pero por aquel entonces no había oído hablar de él en toda mi vida, y, como es natural, ignoraba por completo su reputación.

Bien, pues el tren avanzaba veloz por la noche de borrasca. La terrible tempestad arreciaba con furia. Sentí que se apoderaba de mí una triste desdicha, y mi corazón se sintió abatido, abatido, abatido... El viejo mozo de carga hizo un par de comentarios abruptos sobre la tempestad y el tiempo ártico, cerró de un tirón las puertas corredizas y pasó las aldabas, ajustó bien su ventanilla, y por último se puso a andar bulliciosamente de una parte a otra, arreglando las cosas, canturreando en voz baja «Sweet By and By», desafinando en gran medida. Al poco rato empecé a sentir un olor pésimo y penetrante que se deslizaba en silencio a través del aire helado. Eso abatió aún más mi ánimo, porque, en efecto, lo atribuí a mi pobre amigo fallecido. Era infinitamente entristecedor recordarlo de esta estúpida y patética manera, así que a duras penas pude contener mis lágrimas. Además, me preocupaba el viejo mozo, temía que se diese cuenta de ello. Sin embargo, continuó canturreando y no hizo gesto alguno. Se lo agradecí. Pero no por ello dejaba de estar inquieto, y a cada instante aumentaba mi inquietud, porque aquel olor se volvía por momentos más insoportable. Al cabo de un rato, con las cosas dispuestas a su entera satisfacción, el viejo trabajador cogió un poco de leña y encendió un fuego tremendo en su estufa.

Aumentó con ello mi pesar de tal forma que no es posible expresarlo con palabras. No podía dejar de pensar que aquello no era lo correcto. Estaba completamente seguro de que el efecto sería muy perjudicial para mi pobre amigo fallecido. Thompson (así se llamaba el mozo, como descubrí en el transcurso de la noche) se puso a escudriñar todos los rincones del vagón, tapando grietas y haciendo todos lo posible para que, a pesar de la noche que hacía en el exterior, nosotros pudiésemos pasarla de la manera más cómoda posible. Nada dije, pero pensé que ese no era el camino adecuado. Entretanto, la estufa empezó a calentarse hasta ponerse al rojo vivo y a viciarse el aire del vagón. Sentí que me mareaba, que palidecía, pero lo sufrí en silencio y sin decir palabra.

No tardé en reparar que «Sweet By and By» se apagaba lentamente, hasta que cesó del todo y reinó un ominoso silencio. A los pocos minutos Thompson dijo:

—¡Fo! ¡No tiene pinta de ser de canela la leña que he puesto en la estufa!

Gruñó una o dos veces, fue en dirección al ataú… caja de fusiles, se detuvo cerca del queso limburger un momento y luego se sentó a mi lado, con cara de estar impresionado. Tras una pausa contemplativa, dijo, señalando la caja con un ademán:

—¿Amigo suyo?

—Sí —respondí suspirando.

—Estará maduro, ¿eh?

Permanecimos en silencio, casi diría por espacio de dos minutos, demasiado ocupados con nuestros propios pensamientos. Luego Thompson dijo en voz baja, espantado:

—A veces no es seguro si están muertos de verdad o no. Lo parecen, ¿sabe? Tienen todavía el cuerpo caliente y las articulaciones flexibles, así que, aunque pienses que están muertos, no lo sabes a ciencia cierta. Es algo terrible de verdad, porque ignoras si, en un momento dado, se alzarán tan satisfechos y te mirarán a los ojos.

Después de una pausa, y levantando ligeramente su codo hacia la caja, siguió:

—Pero ¡este sí que no está dormido! No, señor, no; ¡de este sí que lo aseguraría!

Nos quedamos sentados un rato, en silencio y pensativos, escuchando el viento y el rugir del tren.

Luego Thompson dijo, con voz tiernísima:

—Al fin y al cabo, todos tenemos que irnos un día u otro, nadie se escapa. Hombre nacido de mujer es corto de días, etcétera, como dicen las Sagradas Escrituras. Sí, mírelo usted como quiera; es muy solemne y curioso: nadie puede salvarse, todos tienen que irse, todo el mundo, es la pura verdad. Se encuentra usted un día sano y fuerte —al decir esto se puso de puntillas y abrió un ventanuco, sacó la nariz un momento y se sentó de nuevo, mientras yo, a mi vez, me puse en pie con esfuerzo y saqué la nariz por el mismo sitio, y así hicimos cada tanto—, y al día siguiente lo arrancan a usted como a la hierba, y aquellos lugares que le habían conocido ya no lo verán más, como dicen las Sagradas Escrituras.

Pues sí, es algo muy solemne y curioso: todos tenemos que marcharnos un día u otro, y nadie puede escapar.

Hubo de nuevo una larga pausa. Luego:

—¿De qué murió?

Dije que lo ignoraba.

—¿Cuánto tiempo hace que está muerto?

Creí que lo más prudente era exagerar los hechos, por no parecer fuera de lo razonable, así que dije:

—Dos o tres días.

Pero de nada sirvió, porque Thompson recibió mis palabras con una mirada ofendida, que significaba con claridad: «Tres o cuatro años, quiere usted decir». Después, se dirigió con calma hacia la caja, se quedó unos momentos allí, volvió con rapidez, contempló el ventanuco abierto y dijo:

—Habríamos disfrutado de unas vistas endiabladamente mejores si lo hubiera enviado usted el pasado verano.

Thompson se sentó y enterró su rostro en un pañuelo rojo de seda, y empezó a balancearse poco a poco, meciendo su cuerpo, como quien saca fuerzas de flaqueza para soportar algo casi insoportable. Para aquel entonces, la fragancia (si así la podríamos llamar) era casi asfixiante. Su cara se estaba poniendo gris, y yo sentía que la mía había perdido todo su color. Thompson descansaba la frente sobre su mano izquierda, con el codo apoyado sobre la rodilla, y agitó su pañuelo hacia la caja con la otra mano.

—Más de uno he trajinado en mi vida (y más de uno recocido de forma considerable, también), pero, por Dios, este los gana a todos. En comparación, jefe, ¡aquellos eran heliotropos! —dijo.

Esta especial designación de mi pobre amigo me dejó satisfecho, a pesar de las tristes circunstancias, porque tenía todo el aspecto de un cumplido.

Pronto a todas luces fue evidente que se precisaba hacer algo. Propuse encender unos cigarros. Thompson creyó que era una buena idea.

—Quizá sea lo mejor —dijo.

Echamos espesas bocanadas de humo a conciencia durante un rato, e hicimos cuantos esfuerzos pueden imaginarse para creer que las cosas habían mejorado. Pero todo fue inútil. Al cabo de un tiempo ambos cigarros cayeron quedamente de nuestros insensibles dedos al mismo tiempo. Thompson dijo, suspirando:

—No, jefe, esto no mejora un ápice. De hecho, empeora, parece como si aguijoneara la ambición de su amigo. ¿Qué cree usted que deberíamos hacer?

No me sentí capaz de sugerir nada. Había tenido que sufrir tanto que no tenía fuerzas para hablar. Thompson empezó a refunfuñar de una manera inconexa y sin ánimo sobre las tristes experiencias de aquella noche, y tomó la costumbre de referirse a mi pobre amigo con diferentes títulos, a veces militares, a veces civiles; y reparé en que a medida que aumentaba su eficiencia, Thompson lo ascendía en consecuencia y le aplicaba mayor título. Al fin, dijo:

—Se me ha ocurrido una idea. Supongamos que nos agacháramos y diésemos al coronel un pequeño empujón hacia el otro extremo del vagón, unos diez pasos, por ejemplo. ¿No le parece que entonces no sería tanta su influencia?

Me pareció un buen plan. Tomamos una gran bocanada de aire fresco por el ventanuco, el suficiente para terminar nuestro cometido. Nos dirigimos hacia allí, nos agachamos sobre aquel queso mortífero y agarramos con fuerza la caja. Thompson hizo con la cabeza una señal: «Listos», y entonces empujamos hacia delante con todas nuestras fuerzas, pero Thompson resbaló y cayó de bruces con la nariz sobre el queso, y perdió el aliento por completo. Empezó a toser y a sentir náuseas, y echó a correr a trompicones hacia la puerta, dando patadas y gritando con voz ronca:

—¡Déjame! ¡Paso libre…! ¡Me muero… vía libre!

Ya en la fría plataforma sostuve un rato su cabeza y pareció que volvía en sí. Preguntó de inmediato:

—¿Cree usted que hemos apartado algo al general?

Dije que no, que ni se había movido del sitio.

—Bien, pues no nos queda más remedio que abandonar esta idea. Debemos pensar en otra cosa. El hombre se encuentra bien donde está, creo yo; y si esos son sus sentimientos y ha tomado la decisión de no dejarse estorbar, puede usted apostar lo que quiera que no se dejará convencer ni por el más pintado. Sí, es mejor que lo dejemos donde está y que allí se quede todo el tiempo que le plazca; dispone en su juego de las mejores bazas, ¿sabe usted?, y es inútil que por nuestra parte nos esforcemos en torcer su suerte. Siempre seremos nosotros los que saldremos perdiendo.

Pero tampoco podíamos quedarnos fuera con aquella violenta tempestad que nos habría helado hasta la muerte. Así que entramos, cerramos la puerta y empezamos a sufrir de nuevo y a turnarnos en el ventanuco. Al poco rato, cuando salimos de una estación donde nos habíamos detenido unos momentos, Thompson entró a grandes zancadas y exclamó:

—¡Vamos, ahora sí que la cosa marchará bien! Me parece que vamos a despedirnos del comodoro. Creo haber logrado en esta estación el material para desarmarlo de una vez.

Era ácido fénico. Tenía una garrafa. Lo roció por todas partes. De hecho, quedó todo empapado: caja de fusiles, queso y lo demás que había por allí. Después nos sentamos, henchidos nuestros corazones de esperanza. Pero nuestra satisfacción no duró mucho rato. Como verán, los dos perfumes empezaron a mezclarse, y entonces… Nada, que muy pronto tuvimos que salir de nuevo al exterior, y que, una vez fuera, Thompson enjugó su cara con el pañuelo de seda rojo, y dijo, descorazonado:

—Es en vano. No hay manera de deshacernos de él. Se aprovecha de cuanto imaginamos para cambiar la situación, y nos lo devuelve añadiendo su olor. ¿Sabe, jefe, que ahora nos encontramos cien veces peor que cuando empezó a soltarse? En mi vida he visto otro tan entusiasmado en su cometido y que parara en ello tan condenado cuidado. No, señor, jamás en mi vida, con el tiempo que hace que estoy empleado en el ferrocarril. Y cuente usted, como le decía antes, que he llevado una infinidad.

Entramos de nuevo, porque no podíamos soportar el frío terrible que se apoderaba de nuestros cuerpos, pero ahora era imposible permanecer allí dentro unos segundos. No nos quedó otro remedio que movernos hacia delante y atrás como en un vals, helándonos, deshelándonos y ahogándonos a intervalos. Al cabo de una hora, más o menos, nos detuvimos en otra estación, y cuando el tren arrancó de nuevo, Thompson apareció con un saco y dijo:

—Jefe, voy a hacer otra prueba, la última, y si con esto no lo abrumamos, no nos toca otro remedio que tirar la toalla y darlo por perdido. Así es como lo veo.

Traía un montón de plumas de gallina, manzanas secas, hojas de tabaco, harapos, zapatos viejos, azufre, asafétida y algunas cosas más. Lo amontonó todo sobre una placa grande de hierro, en el suelo, y le prendió fuego.

Cuando tomó impulso, no llegué a comprender cómo era posible que el mismo cadáver pudiera soportarlo. Cuanto habíamos experimentado hasta entonces era poesía comparado con aquel tremendo olor; pero, entendámonos, el original sobresalía en medio de todos los demás, tan soberano como siempre. De hecho, parecía como si los demás aromas le dieran más empuje, y, ¡vaya!, ¡con qué abundancia se prodigaba! No hice estas reflexiones allí dentro (no hubo tiempo para ello), sino en la plataforma. Mientras huía, Thompson cayó medio ahogado, y antes de que lo arrastrase al exterior, como hice, por el cuello, estuve en un tris de caer yo mismo desvanecido. Cuando recobramos el sentido, Thompson dijo, abatido:

—No nos queda más remedio que quedarnos en la plataforma, jefe. Hemos de permanecer aquí nos guste o no. El gobernador quiere viajar solo, se ha empeñado en ello, y está decidido a ganar la partida.

Añadió:

—Y, ¿sabe?, estamos envenenados. Este es nuestro último viaje, puede estar completamente seguro de ello. Una fiebre tifoidea, he aquí lo que saldrá de todo esto. Yo ya empiezo a sentir que me viene encima, ahora, ahora mismo. Sí, señor, hemos sido predestinados, tan cierto como que ha nacido usted.

Una hora después fuimos retirados de la plataforma, helados e insensibles, en la estación siguiente, y yo caí de inmediato en una fiebre virulenta, sin recobrar el conocimiento durante tres semanas. Supe más tarde que pasé aquella terrible noche con una inofensiva caja de fusiles y un montón de queso inocente, pero cuando me lo comunicaron era ya demasiado tarde para salvarme. La imaginación había hecho su trabajo, y mi salud quedó alterada para siempre. Ni las Bermudas ni ninguna otra tierra me la podrá devolver jamás. Este es mi último viaje, y me voy derechito hacia casa, a morir.

LA CÉLEBRE RANA SALTADORA DEL CONDADO DE CALAVERAS

Para complacer la petición de un amigo que me escribía desde el este, fui a visitar al viejo Simon Wheeler, hombre amable y charlatán, a fin de pedirle noticias de un amigo de mi amigo, Leonidas W. Smiley. Tal había sido su petición, y he aquí el resultado. Tengo la vaga sospecha de que el tal Leonidas W. Smiley es un mito; de que mi amigo jamás conoció a tal personaje; y de que lo único que lo movió a solicitarme aquel favor fue la conjetura de que, si yo preguntaba por él al viejo Wheeler, este se acordaría de cierto infame Jim Smiley y emprendería el relato mortalmente aburrido de los exasperantes recuerdos que de este tenía, un relato tan largo y tedioso como desprovisto de interés para mí. Si esa fue su intención, lo logró plenamente.

Encontré a Simon Wheeler descabezando un confortable sueñecito al lado de la estufa del bar, en la desvencijada taberna del decadente campo minero de Ángel, y pude apreciar que era gordo y calvo, con una expresión de agradable benevolencia y simplicidad pintada en su tranquila fisonomía. Se levantó y me dio los buenos días. Le expliqué que un amigo me había encargado que hiciera ciertas pesquisas acerca de un querido compañero de su niñez llamado Leonidas W. Smiley: el reverendo Leonidas W. Smiley, joven ministro evangelizador que, según le habían dicho, había residido durante una temporada en el campamento de Ángel. Añadí que, si podía contarme algo acerca de este reverendo Leonidas W. Smiley, le quedaría sumamente agradecido.

Simon Wheeler me condujo hasta un rincón y, tras sentarse, impidiéndome el paso con su silla, emprendió la monótona narración que sigue a este párrafo. No sonrió una sola vez, ni frunció el ceño, ni varió el tono suave y fluido de voz que empleó desde la frase inicial, ni en momento alguno delató la más leve pizca de entusiasmo; pero su interminable narración estuvo recorrida por una vena de seriedad y sinceridad tan impresionantes que me demostró con toda evidencia que, lejos de imaginar que hubiera en su historia algo ridículo o gracioso, la consideraba como algo muy importante y admiraba a sus dos héroes como genios trascendentes de la sutileza. Así pues, dejé que hablara sin interrumpirlo ni una sola vez.

—El reverendo Leonidas W. Hummm, reverendo Le… Bueno, aquí hubo una vez un sujeto llamado Jim Smiley, allá por el invierno del 49, o en la primavera del 50, no recuerdo muy exactamente. De todas formas, pienso que debió de ser en uno de esos años, ya que me acuerdo perfectamente de que cuando llegó aquí no estaba terminada la gran presa del río. En cualquier caso, era el hombre más peculiar que jamás se haya visto: siempre estaba apostando sobre cualquier cosa, con tal de encontrar a alguien que le aceptara la apuesta. Y si no lo encontraba, cambiaba las tornas. Todo lo que planteara el otro, a él ya le estaba bien: con tal de poder apostar, ya se sentía satisfecho. Y, con todo, tenía mucha suerte, una suerte extraordinaria, y por lo general siempre ganaba. Estaba constantemente dispuesto a correr cualquier riesgo; no se podía mencionar una sola cosa sobre la que no se prestara a apostar, sin importarle mucho qué bando tomar, tal como antes le he dicho. ¿Que había una carrera de caballos? Pues allí lo tenía usted, todo colorado de alegría o sin un solo centavo al terminar. ¿Que había una pelea de perros? Pues allí que apostaba. ¿Que había una pelea de gatos? También apostaba. ¿Que era de gallos? Lo mismo. Incluso si veía a dos pájaros posados en alguna rama, apostaba sobre cuál sería el primero en emprender el vuelo. Si se trataba de una asamblea en el campamento, allí acudía él sin falta para apostar por el pastor Walker, a quien tenía por el mejor de los predicadores de por aquí, lo cual era muy cierto, pues era un hombre excelente. Incluso si veía una sabandija arrastrándose hacia algún sitio, le apostaba a usted sobre lo que tardaría en llegar a su destino. Y si le aceptaba la apuesta, era capaz de seguir a la sabandija hasta México, solo por enterarse de adónde se dirigía y cuánto tiempo le llevaría. Muchos de los chicos de por aquí conocieron a este Smiley y pueden hablarle de él. En fin, que no hacía distingos, todo le parecía bien para apostar, al muy truhán. Una vez, la mujer del pastor Walker estuvo muy enferma durante bastante tiempo, y parecía que no había salvación para ella; pero una mañana el pastor vino por aquí y Smiley le preguntó qué tal seguía su esposa, y el pastor contestó que, gracias a la infinita misericordia de Dios, se encontraba mucho mejor, y que estaba reponiéndose tan bien que, con la bendición de la Providencia, acabaría por curarse del todo. Smiley, sin pararse a pensar, le dijo: «Le apuesto dos dólares y medio a que no sale de esta».

»Este Smiley tenía una yegua a la que los muchachos llamaban "la jaca del cuarto de hora", aunque solo en broma, ¿sabe usted?, porque ya supondrá que era más rápida que eso, y Smiley también ganaba dinero con aquella yegua, a pesar de que era muy lenta y de que siempre sufría de asma, moquillo, consunción o algo por el estilo. Solían concederle doscientos o trescientos metros de ventaja y aun así acababan pasándola por el camino; pero hacia el final de la carrera se excitaba mucho, como desesperada, y empezaba a trotar y a galopar, agitando las patas en todas direcciones, unas veces en el aire y otras hacia los lados, golpeando las vallas, levantando tanto polvo y armando tal revuelo con sus resoplidos y bufidos, que siempre acababa llegando la primera a la meta, ganando justo por una cabeza.

»También tenía un perro de presa muy pequeño, que cuando lo veías no habrías dado un centavo por él, ya que parecía servir solo para rondar por ahí con cara aviesa y tumbarse cerca de uno esperando la ocasión de robar algo. Pero en cuanto se apostaba dinero por él, se convertía en un perro diferente: la mandíbula inferior empezaba a adelantársele como el espolón de un barco y sacaba a relucir sus dientes, refulgentes como el fuego. Y el perro adversario ya podía atacarlo y provocarlo, morderlo y revolcarlo por el suelo dos o tres veces, que Andrew Jackson, que así se llamaba el animal, nunca se revolvía contra él, como si estuviera satisfecho de sí mismo, como si ya se hubiera esperado algo así. Y a todo esto las apuestas se iban doblando y doblando a favor del contrario, hasta que no había ya más dinero que apostar. Entonces, de repente, agarraba al otro perro por el lugar preciso de la articulación de la pata trasera, y ya no lo soltaba. No lo mordía, ¿comprende?, sino que se limitaba a aferrarse a él hasta que los otros tiraban la esponja, así tuviera que aguantar un año. Smiley siempre acababa ganando con aquel chucho, hasta el día en que se topó con un perro que no tenía patas traseras, porque se las había cercenado una sierra de esas circulares, y cuando la pelea había proseguido su curso habitual y las apuestas ya estaban en su apogeo, fue el animalillo a agarrarse a su sitio favorito y en ese preciso instante se dio cuenta de que le habían jugado una mala pasada y de que el otro perro lo tenía contra las cuerdas, por así decirlo, y el pequeño chucho pareció muy sorprendido, se le veía como desanimado, sin hacer ya ningún esfuerzo por ganar la pelea, así que acabó muy mal parado. Lanzó a Smiley una mirada que parecía decirle que tenía el corazón destrozado y que la culpa había sido de él, por haberle hecho enfrentarse con un perro que no tenía patas traseras donde agarrarse, siendo como era aquella su salvación en el combate. Después de dar unos cuantos pasos tambaleantes, se tumbó y murió. Era un buen animal, aquel Andrew Jackson, y de haber vivido habría llegado a hacerse un nombre, ya que tenía madera y genio para ello… Estoy seguro de ello, porque, pese a que nunca tuvo oportunidad de demostrarlo y las circunstancias no le acompañaron, no tendría sentido que un perro como aquel pudiera pelear así si no hubiera tenido talento. Siempre me pongo triste cuando pienso en su último combate y en la forma en que acabó.

»Pues sí, este Smiley tenía terriers, gallos de pelea, gatos y toda clase de bestias por el estilo, hasta el punto de no darte tregua, y ya podías presentarte con cualquier animal que él siempre aceptaba la apuesta con el suyo. Una vez cogió una rana, se la llevó a su casa y dijo que iba a dedicarse a educarla, y durante tres meses no hizo otra cosa que enseñar a aquel animalito a saltar en el patio de atrás de su casa. ¡Y vaya si aprendió! Le daba un golpecito en el trasero, y al momento veías la rana surcando los aires como un buñuelo de viento; luego daba una voltereta, o incluso dos si había tomado bastante impulso, y caía con las patas bien planas y en buena postura, como un gato. También la adiestró en el ejercicio de coger moscas, y la sometió a una práctica tan constante que podía atrapar cualquiera que se pusiera al alcance de su vista. Smiley decía que todo lo que necesitaban las ranas era educación, y que podían hacer casi cualquier cosa… y yo le creía. Mire usted, lo he visto poner ahí mismo, en el suelo, a Daniela Webster, que así se llamaba la rana, y decirle canturreando: "Moscas, Daniela, moscas", y antes de poder parpadear la rana daba un salto y atrapaba a una mosca ahí, en la barra, y volvía a caer al suelo tan firme como una bola de barro, y se ponía a rascarse la cabeza con su pata trasera con la mayor indiferencia, como si no tuviera ni idea de estar haciendo nada más de lo que cualquier otra rana podría hacer. Jamás se ha visto una rana tan modesta y campechana como aquella, a pesar de estar tan bien dotada. Y cuando se trataba de saltar sobre terreno plano, salvaba más espacio de un solo bote que cualquier otro animalito de su especie. Saltar en terreno llano era su punto fuerte, ¿comprende?, y en esos casos Smiley apostaba hasta el último centavo que le quedara. Smiley estaba terriblemente orgulloso de su rana, y tenía motivos para ello, ya que gentes que habían viajado por todo el mundo coincidían en afirmar que superaba a cualquier rana que hubieran visto nunca.

»Pues bien, el caso es que Smiley guardaba la bestezuela en una cajita enrejada y solía traerla aquí al campamento para apostar. Un día, un individuo, que no era de por aquí, se lo encontró con su cajita y le preguntó:

»—¿Qué es lo que lleva usted en esa caja?

»Y Smiley repuso, con tono indiferente:

»—Podría ser una cotorra, o podría ser un canario, pero no lo es: no es más que una rana.

»Y el tipo cogió la cajita, la examinó cuidadosamente, volviéndola de un lado y de otro, y dijo:

»—Jummm… ya lo veo. Bueno, ¿y para qué sirve?

»—Bueno —dijo Smiley cautelosamente y con aire despreocupado—, sabe hacer muy bien una cosa. A mi entender, puede vencer saltando a cualquier rana del condado de Calaveras.

»El individuo volvió a coger la cajita, la contempló larga y detenidamente y se la devolvió a Smiley, diciendo con mucho retintín:

»—Pues no veo nada en esta rana que indique que sea mejor que otra cualquiera.

»—Tal vez usted no lo vea —le contestó Smiley—. Tal vez entienda usted de ranas, tal vez no. Podría ser un experto, o podría no ser más que un aficionado. En todo caso, yo tengo mi opinión ya formada, y le apuesto a usted cuarenta dólares a que mi rana derrota saltando a cualquier otra del condado de Calaveras.

»Su interlocutor se quedó un minuto pensativo, diciendo luego con triste resignación:

»—Verá, yo no soy más que un forastero y no tengo ninguna rana, pero si la tuviera aceptaría su apuesta.

»Entonces Smiley repuso:

»—Está bien, no se preocupe. Si me sostiene la caja durante un minuto, iré a buscarle una.

»El tipo cogió la caja, puso sus cuarenta dólares al lado de los de Smiley y se sentó a esperar.

»Permaneció allí durante un buen rato, entregado a sus reflexiones, y luego sacó la rana, le abrió la boca y, con una cucharita, se la llenó de perdigones casi hasta la barbilla. Después, la depositó en el suelo. Entretanto, Smiley había ido a la charca, donde estuvo chapoteando en el barro durante un buen rato. Finalmente, cogió una rana y se la llevó a aquel individuo, diciéndole:

»—Ahora, si está usted dispuesto, póngala al lado de Daniela, con las patas delanteras alineadas a la misma altura, y yo daré la señal de partida. —Acto seguido, dijo—: Uno, dos, tres… ¡ya!

»Smiley y aquel tipo tocaron a sus ranas por detrás, y la nueva saltó con gran ímpetu; en cambio, Daniela pareció lanzar un suspiro y levantar los hombros… así, como un francés. Pero todo fue en vano: no podía moverse. Estaba plantada tan firmemente sobre el suelo como una iglesia, y no podía avanzar, como si estuviera anclada. Smiley se quedó muy sorprendido, y también muy disgustado, pero naturalmente no tenía ni idea de qué podía pasarle a la rana.

»El individuo cogió el dinero y se dispuso a marcharse. Cuando había llegado a la puerta, apuntó con el pulgar por encima de la espalda, así, hacia Daniela, y volvió a decir con mucho retintín:

»—Pues no veo nada en esta rana que indique que sea mejor que otra cualquiera.

»Smiley se quedó rascándose la cabeza y contemplando a Daniela durante un buen rato, hasta que al fin dijo:

»—¿Qué puede haberle pasado a esta rana para no saltar? Es como si le sucediera algo raro… parece como si estuviera hinchada. —Y, cogiendo a Daniela por la piel del cuello, la levantó del suelo—. ¡Que me lleve el diablo si no pesa al menos cinco libras!

»Y, poniéndola boca abajo, la hizo arrojar dos puñados de perdigones. Entonces comprendió la treta y se puso hecho una auténtica furia. Dejó la rana en el suelo y salió en persecución de aquel individuo, sin lograr darle alcance. Y…»

Al llegar a este punto, Simon Wheeler oyó que lo llamaban desde el patio de delante y fue a ver de qué se trataba. Antes de salir, se volvió hacia mí y me dijo:

—Quédese aquí, forastero, y espéreme. Enseguida vuelvo.

Pero, con el permiso de ustedes, no consideré que la continuación de la historia del emprendedor vagabundo Jim Smiley me proporcionara mucha información concerniente al reverendo Leonidas W. Smiley, así que me dispuse a marcharme.

Ya en la puerta, me encontré al sociable Wheeler, que regresaba, y volvió a engancharme y a reanudar su relato:

—Pues bien, este Smiley tenía una vaca de color amarillento y tuerta, que no tenía por rabo más que un corto muñón, como una banana, y…

Sin embargo, careciendo tanto de tiempo como de disposición para ello, no esperé a escuchar más acerca de aquella desdichada vaca, y me marché.

LOS MCWILLIAMS Y EL TIMBRE DE ALARMA

La conversación fue pasando lenta, imperceptiblemente, del tiempo a las cosechas, de las cosechas a la literatura, de la literatura al chismorreo, del chismorreo a la religión, y por último hizo un quiebro insólito para aterrizar en el tema de los aparatos de alarma contra los ladrones. Fue entonces cuando por vez primera el señor McWilliams demostró cierta emoción. Cada vez que advierto esa señal en el cuadrante de dicho caballero me hago cargo de la situación, guardo profundo silencio y le doy la oportunidad de desahogarse. Empezó, pues, a hablar con mal disimulada emoción:

"No doy un céntimo por los aparatos de alarma contra ladrones, señor Twain, ni un céntimo, y voy a decirle por qué. Cuando estábamos acabando de construir nuestra casa advertimos que nos había sobrado algo de dinero, cantidad que sin duda había pasado desapercibida también al fontanero. Yo pensaba destinarla para las misiones, pues los paganos, sin saber por qué, siempre me habían fastidiado; pero la señora McWilliams dijo que no, que mejor sería instalar un aparato de alarma contra los ladrones, y yo hube de aceptar el convenio. Debo explicar que cada vez que yo quiero una cosa y la señora McWilliams desea otra distinta, y hemos de decidirnos por el antojo de la señora McWilliams, como siempre sucede, ella lo llama un convenio. Pues bien: vino el hombre de Nueva York, instaló la alarma, nos cobró trescientos veinticinco dólares y aseguró que ya podíamos dormir a pierna suelta. Así lo hicimos durante cierto tiempo, cosa de un mes. Pero una noche sentimos humo, y mi mujer me dice que más vale que suba a ver qué pasa. Enciendo una vela, me voy para la escalera y tropiezo con un ladrón que salía de un aposento con una cesta llena de cacharros de hojalata que en la oscuridad había tomado por plata maciza. Iba fumando en pipa.

"—Amigo —le dije—, no se permite fumar en esta habitación.

"Confesó que era forastero y que no podíamos esperar que conociese las normas de la casa, añadiendo que había estado en muchas por lo menos tan buenas como aquella y que nunca hasta entonces se le había hecho la menor objeción en ese sentido. En toda una larga experiencia, puntualizó, en ningún sitio se pensó jamás que tales normas obligasen a los ladrones.

"Yo repuse:

"—Pues nada, siga fumando, si esa es la costumbre; creo, no obstante, que conceder a un ladrón el privilegio que se niega a un obispo constituye una clara demostración de la relajación de los tiempos en que vivimos. Pero dejando eso a un lado, ¿con qué derecho entra usted en esta casa, furtiva y clandestinamente, sin hacer sonar la alarma contra los ladrones?

"Pareció confuso y avergonzado, y con visible embarazo declaró:

"—Le pido mil perdones. No sabía que tuviesen ustedes una alarma contra ladrones, pues de haberlo sabido la habría hecho sonar. Le suplico que no lo comente donde puedan oírlo mis padres, porque están viejos y delicados, y tan imperdonable infracción de los convencionalismos consagrados por nuestra civilización cristiana podría cortar con demasiada brusquedad el frágil puente que pende en las tinieblas entre el presente pálido y evanescente y las grandes profundidades solemnes de la eternidad. ¿Le importaría darme una cerilla?

"—Sus sentimientos lo honran —contesté—, pero si me permite decirlo, la metáfora no es su fuerte. Déjese la pierna quieta: estos fósforos solo se encienden con la caja, y aun así no siempre, si puede darse crédito a mi experiencia. Pero volviendo al asunto: ¿cómo ha entrado usted aquí?

"—Por una ventana del segundo piso.

"Así había sido, en efecto. Procedí a rescatar mis cacharros de hojalata según las tarifas de las casas de compra-venta, descontando los gastos de publicidad; di las buenas noches al ladrón, cerré la ventana tras él y fui a presentar mi informe ante el cuartel general. A la mañana siguiente mandamos aviso al de las alarmas contra ladrones, vino y nos explicó que la razón de que la alarma no se hubiera disparado era que solo la primera planta de la casa estaba conectada a la misma. Era lo que se dice una idiotez: en una batalla, tanto da no llevar armadura en absoluto como llevarla solo para las piernas. Así pues, el técnico conectó a la alarma todo el segundo piso, nos sacó trescientos dólares más y se fue como si nada. Al cabo de cierto tiempo sorprendí una noche a un ladrón en el tercer piso cuando se disponía a bajar por una escala de mano con un lote de efectos variados míos. Mi primer impulso fue el de partirle la cabeza con un taco de billar; pero el segundo fue el de abstenerme de tal designio, ya que el hombre se encontraba entre la taquera y yo. El segundo impulso era sin duda alguna el más sensato, de modo que me contuve y procedí a la consabida transacción. Recuperé los efectos a la misma tarifa que la vez anterior, descontando el diez por ciento en concepto de uso de la escalera de mano, que era mía, y al día siguiente mandé llamar otra vez al experto, el cual conectó a la alarma el tercer piso a cambio de otros trescientos dólares.

"Para entonces el «avisador» alcanzaba ya dimensiones impresionantes. Tenía cuarenta y siete etiquetas con los nombres de las diversas dependencias y chimeneas de la cassa, y ocupaba el espacio de un ropero. El timbre era del tamaño de una palangana y había sido instalado sobre la cabecera de nuestro lecho. Un alambre iba desde la casa hasta el alojamiento del cochero en la caballeriza, quien junto a su almohada tenía un gong.

"Era para que nos hubiésemos encontrado ya a nuestras anchas; sin embargo, había un pero. Todas las mañanas, a las cinco, la cocinera abría la puerta de la cocina en cumplimiento de sus obligaciones, ¡y para qué contar la que se armaba! La primera vez que sucedió tal cosa pensé que había llegado el juicio final. No lo pensé dentro de la cama, sino fuera, y es que el primer efecto de ese timbre apocalíptico es el de proyectarlo a uno a través de la casa y estamparlo contra la pared, y dejarlo allí enroscado y retorciéndose como una araña cuando cae en la tapa de la estufa, hasta que llega alguien y cierra la puerta de la cocina. Con toda sinceridad, no hay estruendo que pueda compararse ni remotamente a la horrísona estridencia de ese timbre. Pues bien, semejante catástrofe acontecía regularmente todas las mañanas a las cinco en punto, haciéndonos perder tres horas de sueño; porque cuando ese artilugio despierta a uno no se limita a despabilarlo a medias; lo despabila del todo, en cuerpo y alma, y uno ya está listo para dieciocho horas de vigilia integral: dieciocho horas en el más inconcebible desvelo que hayamos experimentado en la vida. Cierto visitante se nos murió una vez en casa, y lo pusimos para velarlo aquella noche en nuestro dormitorio. ¿Cree usted que el difunto esperó al juicio final? No, señor; se incorporó a las cinco de la mañana siguiente del modo más simple y automático. Yo sabía de antemano lo que iba a pasar; lo sabía a ciencia cierta. Cobró su seguro de vida y siguió viviendo tan campante, ya que había sobradas pruebas del absoluto rigor científico de su fallecimiento.

"Así las cosas, íbamos languideciendo poco a poco camino del reino que nos está destinado, debido a nuestra diaria merma de horas de sueño; hasta que al fin llamamos otra vez al técnico, que conectó un alambre en el lado exterior de la puerta e instaló un interruptor; solo que Thomas, el mayordomo, solía incurrir en un pequeño error: desconectaba la alarma por la noche al irse a acostar y volvía a conectarla por la mañana al rayar el día, a tiempo precisamente para que la cocinera abriese la puerta de la cocina y diese lugar a que el timbre nos proyectara a través de la casa, rompiendo a veces una ventana con alguno de nosotros. Al cabo de una semana llegamos a la conclusión de que aquel lío del interruptor era un embeleco y una trampa. Descubrimos también que una banda de ladrones llevaba alojada en la casa no sé cuánto tiempo, no precisamente para robar, pues a la sazón no quedaba ya gran cosa que llevarse, sino para esconderse de la policía, porque andaban muy acosados, y sagazmente consideraron que los inspectores jamás imaginarían que una cuadrilla de ladrones se había acogido al santuario de una casa notoriamente protegida por el dispositivo de alarma contra los ladrones más impresionante y complicado de toda Norteamérica.

"Avisamos una vez más al técnico, que en esta ocasión nos sorprendió con una idea deslumbrante: arregló el aparato de suerte que al abrirse la puerta de la cocina quedase cortada la alarma. Era una idea de alto copete, y nos la hizo pagar en consonancia. Pero ya habrá previsto usted el resultado. Yo conectaba la alarma todas las noches a la hora de acostarnos, perdida la confianza en la frágil memoria de Thomas; y en cuanto se apagaban las luces entraban los ladrones por la puerta de la cocina, desconectando de este modo la alarma sin necesidad de esperar a que la cocinera lo hiciese por la mañana. Puede verse lo delicado de nuestra situación. En muchos meses no pudimos tener huéspedes. No había en la casa ni una sola cama libre, ya que todas estaban ocupadas por los ladrones.

"Al fin hallé por mi cuenta una solución. El experto, acudiendo a nuestra llamada, tendió otro alambre subterráneo hasta la caballeriza, e instaló allí un interruptor, de forma que el cochero pudiera conectar y desconectar la alarma. La cosa dio resultado al principio, y siguió una era de paz durante la cual nos fue posible volver a invitar a nuestros amigos y gozar de la vida.

"Pero al poco tiempo el recalcitrante dispositivo de alarma nos salió con una veleidad inédita. Cierta noche de invierno nos vimos arrojados de la cama por el súbito golpe del pavoroso gong, y cuando corrimos a trompicones hasta el tablero indicador, encendimos la luz de gas y vimos la indicación «Cuarto de los niños», la señora McWilliams cayó como muerta, y a mí estuvo en un tris de pasarme lo mismo. Eché mano a mi escopeta y aguardé al cochero mientras proseguía el horrible estruendo. Supuse que su timbre lo habría lanzado también a él de la cama y que saldría con su escopeta nada más vestirse. Cuando estimé que había transcurrido un tiempo suficiente entré sigiloso en el cuarto contiguo al de los niños, miré por la ventana y vi abajo en el patio la sombra borrosa del cochero, el arma al brazo y al acecho de una oportunidad. Pasé entonces al cuarto de los niños, disparé, y en el mismo instante lo hizo también el cochero apuntando al fogonazo de mi escopeta. Los dos acertamos; yo lisié a una niñera, y él me arrancó todo el pelo del cogote. Encendimos la luz y telefoneamos a un cirujano. No había ni rastro de ladrones ni ventana alguna levantada. Faltaba un cristal, pero era aquel por donde había pasado el tiro del cochero.

"He aquí un insólito misterio: una alarma contra ladrones «disparándose» a medianoche por su propia cuenta ¡sin que hubiese un solo ladrón en las inmediaciones!

"El técnico acudió a nuestra llamada de costumbre y explicó que se trataba de una «falsa alarma». Dijo que era muy fácil de arreglar. De modo que repasó la ventana del cuarto de los niños, nos exigió por ello una cifra remunerativa, y se marchó.

"Lo que sufrimos a causa de las falsas alarmas durante los tres años siguientes no hay pluma estilográfica capaz de describirlo. En los tres meses que siguieron no sé cuántas veces tuve que salir corriendo con mi escopeta a la habitación indicada, y el cochero acudía presuroso con su artillería para ayudarme. Pero nunca tuvimos oportunidad de disparar contra nada; todas las ventanas estaban perfectamente cerradas. Al día siguiente mandábamos llamar al técnico, quien arreglaba las ventanas culpables de la falsa alarma para que nos dejaran tranquilos una semana o así y jamás olvidaba mandarnos una factura que rezaba más o menos:

Alambre – $ 2,15
Tubo de unión – $ 0,75
Dos horas de trabajo – $ 1,50
Cera – $ 0,47
Cinta aislante – $ 0,34
Tornillos – $ 0,15
Carga de batería – $ 0,98
Tres horas de trabajo – $ 2,25
Cuerda – $ 0,02
Grasa – $ 0,66

Crema Pond's – $ 1,25
Muelles a 50 – $ 2,00
Desplazamientos en ferrocarril – $ 7,25

"A la larga ocurrió lo que tenía que ocurrir —después de haber respondido a tres o cuatrocientas falsas alarmas—, a saber: dejamos de hacerles caso. Sí, yo me limitaba a levantarme tranquilamente, una vez que la alarma me había lanzado de un lado a otro de la casa, inspeccionaba tranquilamente el avisador, tomaba nota de la habitación indicada y luego desconectaba tranquilamente del sistema esa habitación. A continuación volvía a la cama como si nada hubiera ocurrido. Y no era esto todo; dejaba desconectada la habitación permanentemente y no llamaba al técnico. Pues bien, huelga decir que pasado algún tiempo todas las habitaciones quedaron desconectadas y el sistema dejó de funcionar.

"Fue en esta época de indefensión cuando ocurrió la peor calamidad de todas. ¡Los ladrones entraron una noche y se llevaron la alarma! Sí, hasta la última tuerca. La arrancaron todo: clavos, muelles, campanas, gongs, batería… Se llevaron 250 kilómetros de alambre de cobre; la dejaron completamente limpia, y ni siquiera quedó un solo tornillo al que pudiéramos maldecir para desahogarnos.

"Nos costó Dios y ayuda recuperarla, pero al fin lo conseguimos, a base de dinero. La compañía de timbres de alarma nos dijo que lo que ahora debíamos hacer era instalarla bien, con sus nuevos muelles patentados en las ventanas para evitar falsas alarmas y su nuevo reloj patentado para desconectarla y conectarla por la mañana y por la noche sin ayuda humana. Parecía una buena idea. Prometieron que todo quedaría instalado en diez días. Pusieron manos a la obra y nosotros nos marchamos de veraneo. Trabajaron un par de días, y luego también ellos se fueron de veraneo. A continuación los ladrones se instalaron en casa para pasar allí sus propias vacaciones.

"Cuando regresamos en el otoño la casa estaba tan vacía como un barril de cerveza en una habitación donde pintores han estado trabajando. Volvimos a amueblarla y luego mandamos llamar urgentemente al técnico. Este terminó la instalación y dijo:

"—Este reloj está preparado para conectar la alarma todas las noches a las diez y para desconectarla todas las mañanas a las seis menos cuarto. Todo lo que tienen que hacer es darle cuerda una vez a la semana y olvidarse de que existe. La alarma, solita, se encargará de todo.

"Después de aquello disfrutamos de tres meses de absoluta tranquilidad. La cuenta fue de echarse las manos a la cabeza, como es natural, y yo había dicho que no la pagaría hasta quedar convencido de que la nueva maquinaria no tenía el menor fallo. El plazo estipulado era de tres meses.

"Así pues, pagué la factura, y al día siguiente, ni más ni menos, la alarma empezó a zumbar a las diez de la mañana como diez mil enjambres de abejas. Giré las agujas doce horas, de acuerdo con las instrucciones, y esto desconectó la alarma; pero hubo un segundo sobresalto por la noche, de modo que tuve que adelantar el reloj otras doce horas para que la alarma quedara conectada de nuevo.

"Este desatino se prolongó una o dos semanas, hasta que vino el técnico e instaló un nuevo reloj. En los tres años siguientes volvió cada tres meses para instalar un nuevo reloj. Pero ninguno de ellos dio resultado. Todos tenían el mismo diabólico defecto: conectaban la alarma durante el día, y no la conectaban durante la noche; y si la conectaba uno mismo, ellos se encargaban de desconectarla en el momento en que volvía uno la espalda.

"Bueno, esta es la historia de la alarma contra ladrones, tal y como ocurrió, sin suprimir un solo detalle ni añadirlo con intenciones maliciosas. Sí, señor. Y después de dormir nueve años con ladrones, después de tener todo ese tiempo una dispendiosa alarma —para su protección, no para la mía—, y todo ello a mis expensas, pues no había manera de que los cacos aportaran un mísero centavo. Entonces le dije sencillamente a la señora McWilliams que estaba hasta la coronilla de aquel asunto. Así pues, con pleno consentimiento de ella, hice desmontar todo aquel aparato y lo cambié por un perro, al que luego pegué un tiro. No sé lo que opinará usted acerca de la cuestión, señor Twain; pero yo opino que esos aparatos se fabrican únicamente para beneficio de los cacos. Sí, señor, una alarma contra los ladrones combina en su ser todo lo que de reprobable tienen un incendio, un motín y un harén, y al mismo tiempo carece de ninguna de las ventajas compensatorias, de la índole que fuere, que normalmente acompañan a semejante combinación.

"Adiós: yo me apeo aquí."

EL CUENTO DE UN PERRO

CAPÍTULO I

Mi padre era un San Bernardo, mi madre era un collie, pero yo soy presbiteriana.

Esto es lo que me dijo mi madre; no conozco estas bonitas distinciones yo misma. Para mí son solo palabras grandes y bonitas que no significan nada.

Mi madre tenía cariño por eso; le gustaba decirlas y ver a otros perros parecer sorprendidos y envidiosos, como preguntándose cómo consiguió tanta educación. Pero, en realidad, no era una verdadera educación; era solo un espectáculo. Ella recibió las palabras escuchando en el comedor y en el salón cuando había compañía, y yendo con los niños a la escuela dominical y escuchando allí.

Cada vez que oía una palabra grande, se la repetía a sí misma muchas veces, y así podía mantenerla hasta que hubiese una reunión en el vecindario. Entonces la soltaba y sorprendía y angustiaba a todos, desde cachorros de bolsillo hasta mastines, lo que la recompensaba por todo su trabajo.

Si había un extraño, era casi seguro que sospecharía, y cuando recuperaba el aliento le preguntaba qué significaba. Y ella siempre le decía. Nunca esperó esto, pero pensó que lo atraparía; así que cuando ella se lo decía, él era el que parecía avergonzado, mientras que había pensado que iba a ser ella.

Los demás siempre estaban esperando esto, y contentos de ello y orgullosos de ella, porque sabían lo que iba a suceder, pues ya tenían experiencia. Cuando decía el significado de una gran palabra, todos estaban tan absortos en la admiración que nunca se les ocurría dudar si era el correcto; y eso era natural, porque, por un lado, respondía tan rápidamente que parecía un diccionario parlante, y, por otro, ¿dónde podrían averiguarlo? ¿Era correcto o no? Ella era la única perra culta que había.

Poco a poco, cuando fui mayor, ella trajo a casa la palabra intelectual una vez, y la trabajó bastante duro toda la semana en diferentes reuniones, lo que provocaba mucha infelicidad y desaliento. Fue en ese momento que noté que durante esa semana le pidieron el significado en ocho reuniones diferentes, y mostró una nueva definición cada vez, lo que me demostró que tenía más presencia de ánimo que cultura, aunque no dije nada, por supuesto.

Tenía una palabra que siempre tenía a mano y lista, como un salvavidas, una especie de palabra de emergencia para sujetarse cuando era probable que fuera arrastrada por la borda de repente: esa era la palabra sinónimo. Cuando ella sacaba una palabra larga que había tenido su día semanas antes y sus significados preparados, si había un extraño allí, por supuesto que quedaba aturdido durante un par de minutos, luego volvía en sí; y para entonces era hora de que ella se alejara a favor del viento en otra dirección, sin esperar nada. Así que cuando él la llamaba y le pedía que la explicara, yo (el único perro dentro de su juego) podía ver su lienzo parpadear un momento, pero solo un momento; luego se ponía tensa y llena, y decía, tan tranquila como un día de verano:

—Es sinónimo de supererogación —o alguna reptiliana e impía palabra larga como esa, y se alejaba plácidamente, perfectamente cómoda, y dejaba a ese extraño profano y avergonzado, mientras los iniciados golpeaban el suelo con sus colas al unísono, con sus rostros transfigurados por un santo gozo.

Y lo mismo sucedía con las frases. Arrastraba a casa una frase entera si tenía un sonido grandioso, y la usaba seis noches y dos matinés, y la explicaba de una forma nueva cada vez. Lo hacía porque todo lo que le importaba era la frase; no estaba interesada en lo que significaba, y sabía que esos perros no tenían el ingenio suficiente para atraparla de todos modos. ¡Sí, era una margarita!

Se volvió tan confiada que no le tenía miedo a nada; tenía tanta fe en la ignorancia de esas criaturas. Incluso traía anécdotas que había escuchado a la familia y a los invitados en la cena, que reían y gritaban; y, por regla general, tenía la protuberancia de una castaña enganchada a otra castaña, donde, por supuesto, no encajaba y no tenía ningún sentido. Y cuando entregaba la protuberancia, se caía y rodaba por el suelo y reía y ladraba de la manera más loca, mientras yo podía ver que se estaba preguntando por qué no parecía tan divertido como lo fue cuando lo escuchó por primera vez.

Pero no se hacía ningún daño; los demás rodaban y ladraban también, avergonzados en privado de sí mismos por no ver el punto, y nunca sospechando que la culpa no era de ellos y que no había nada que ver.

Se puede ver por estas cosas que era bastante vanidosa y frívola de carácter; sin embargo, tenía virtudes, y las suficientes para compensar, creo. Tenía un corazón amable y modales amables, y nunca albergaba resentimientos por las injurias que se le hacían, sino que las sacaba fácilmente de su mente y las olvidaba.

Y enseñó a sus hijos su camino bondadoso; y de ella también aprendimos a ser valientes y prontos en tiempos de peligro, y a no huir, sino a enfrentar el peligro que amenazara a un amigo o a un extraño, y a ayudarlo lo mejor que pudiéramos, sin detenernos a pensar cuál podría ser el costo para nosotros. Y nos enseñó no solo con palabras, sino con ejemplos; y esa es la mejor manera, la más segura y la más duradera.

¡Vaya las cosas valientes que hizo, las cosas espléndidas! Era como un soldado; y tan modesta al respecto… bueno, no podías evitar admirarla, y no podías dejar de imitarla; ni siquiera un King Charles Spaniel podía seguir siendo completamente despreciable en su compañía. Así que, como verás, había más en ella que solo educación.

CAPÍTULO II

Cuando fui bien crecida, por fin, me vendieron y se me llevaron, y nunca la vi otra vez. Ella tenía el corazón roto, y yo también, y lloramos. Pero ella me consoló lo mejor que pudo y dijo que fuimos enviados a este mundo para un propósito sabio y bueno, y que debíamos cumplir con nuestros deberes sin lamentarnos, tomar nuestra vida tal como la encontráramos, vivirla para el bien de los demás, y no importaban los resultados; no eran asunto nuestro.

Ella dijo que los hombres que así obraran tendrían una noble y hermosa recompensa poco a poco en otro mundo; y, aunque los animales no iríamos allí, hacer el bien y obrar bien sin recompensa daría a nuestras breves vidas un valor y dignidad que, en sí mismos, serían una recompensa.

Ella había reunido estas ideas desde el tiempo en que había ido a la escuela dominical con los niños, y las había guardado en su memoria con más cuidado de lo que había hecho con las otras palabras y frases, y las había estudiado profundamente, para su bien y el nuestro. Se puede ver por esto que tenía una cabeza sabia y reflexiva, aunque hubiera tanta ligereza y vanidad en ella.

Así que nos despedimos y nos miramos por última vez a través de nuestras lágrimas; y lo último que dijo —guardarlo para el final lo recuerdo mejor, creo— fue:

"En memoria de mí, cuando haya un momento de peligro para otro, no pienses en ti mismo: piensa en tu madre, y haz lo que ella haría."

¿Crees que podría olvidar eso? No.

CAPÍTULO III

¡Era un hogar tan encantador, mi nuevo hogar! Una gran casa hermosa, con cuadros, delicadas decoraciones y ricos muebles, sin penumbra en ninguna parte, sino todo un desierto de colores delicados iluminados por torrentes de sol.

Y los amplios jardines que la rodeaban, y el gran césped, ¡oh, el césped!, los nobles árboles y las flores sin fin.

Y yo era lo mismo que un miembro de la familia; me amaban, me acariciaban y no me dieron un nombre nuevo, sino que me llamaban por el antiguo, que me era querido porque mi madre me lo había dado: Aileen Mavourneen. Lo tomó de una canción, y los Gray conocían esa canción y dijeron que era un nombre hermoso.

La señora Gray tenía treinta años, y era tan dulce y encantadora que no te lo puedes imaginar; y Sadie tenía diez años, y, al igual que su madre, era solo una pequeña y querida copia de ella, con colas castañas en la espalda y vestidos cortos; y el bebé tenía un año, y estaba regordete y con hoyuelos, y me quería, y nunca podía tener suficiente de tirar de mi cola, abrazarme y reírse a carcajadas en su inocente felicidad.

El señor Gray tenía treinta y ocho años, y era alto, esbelto y guapo, un poco calvo al frente, alerta, rápido en sus movimientos, profesional, decidido, poco sentimental, y con eso una especie de cara cincelada que parecía brillar con una ¡intelectualidad helada! Era un científico de renombre. No sé qué significa la palabra, pero mi madre sabría cómo usarla y obtener efectos. Sabría cómo deprimir a un rat terrier con ella y hacer que un perro faldero lamentara haber venido.

Pero esa no era la mejor; la mejor era laboratorio. Mi madre podría organizar un fideicomiso con esa palabra que despellejaría los collares fiscales de todo el rebaño. El laboratorio no era un libro ni un lugar para lavarse las manos, como decía el perro del presidente de la universidad; no, ese era el baño. El laboratorio era bastante diferente, y estaba lleno de tinajas, botellas, electricidad, alambres y máquinas extrañas.

Cada semana otros científicos venían allí y se sentaban en el lugar, usaban las máquinas, discutían y hacían lo que llamaban experimentos y descubrimientos; y a menudo yo también iba, y me quedaba alrededor y escuchaba, tratando de aprender, por el bien de mi madre y en amoroso recuerdo de ella, aunque era un dolor para mí, al darme cuenta de que estaba perdiendo mi tiempo y mi vida, y no ganaba nada en absoluto; por más que lo intenté, nunca pude sacar nada de eso.

Otras veces me tumbaba en el suelo, en el taller de la señora, y dormía, mientras ella me usaba suavemente como taburete, sabiendo que me agradaba, porque era una caricia. Otras veces pasaba una hora en la guardería y me despeinaba bien y se hacía feliz; otras veces vigilaba junto a la cuna, cuando el bebé dormía y la enfermera salía por unos minutos a los asuntos del bebé.

Otras veces retozaba y corría por los jardines con Sadie hasta que nos cansábamos; luego dormíamos en la hierba, a la sombra de un árbol, mientras ella leía su libro. Otras veces iba de visita entre los perros vecinos, porque había algunos muy agradables no muy lejos, y uno muy guapo, cortés y elegante: un setter irlandés de pelo rizado llamado Robin Adair, que era presbiteriano como yo, y pertenecía al ministro escocés.

Los sirvientes de nuestra casa eran todos amables conmigo y me querían; y así, como ves, la mía era una vida agradable. No podría haber un perro más feliz que yo, ni más agradecido. Diré esto por mí mismo, porque es solo la verdad: traté de hacer el bien y obrar bien, y honrar la memoria de mi madre y sus enseñanzas, y ganar la felicidad que me había llegado del mejor modo que pude.

Poco a poco llegó mi pequeño cachorro, y entonces mi copa se colmó: mi felicidad fue perfecta. Era la cosita más querida que se contoneaba, tan suave y aterciopelada, con unas patas tan torpes y ojos tan cariñosos, y un rostro tan dulce e inocente; y me sentí tan orgullosa al ver cómo los niños y su madre lo adoraban y lo acariciaban, y exclamaban ante cada pequeña cosa maravillosa que hacía. Me parecía que la vida era demasiado hermosa para...

Luego vino el invierno. Un día estaba haciendo guardia en la guardería; es decir, dormía en la cama. El bebé dormía en la cuna, que estaba al lado de la cama, en el lado contiguo a la chimenea. Era el tipo de cuna que tiene una carpa elevada sobre ella hecha de tela de gasa que puedes ver a través de ella.

La enfermera estaba fuera, y los dos durmientes estábamos solos. Una chispa saltó del fuego de leña y encendió un lado del toldo. Supongo que siguió un intervalo tranquilo; luego un grito del bebé me despertó, ¡y allí estaba esa tienda en llamas hasta el techo!

Antes de que pudiera pensar, salté al suelo asustada, y en un segundo estaba a medio camino de la puerta; pero en el siguiente medio segundo la despedida de mi madre sonó en mis oídos, y volví a la cama de nuevo. Metí la cabeza entre las llamas, arrastré al bebé por la cintura y tiré de él; caímos juntos al suelo en una nube de humo. Agarré de nuevo y arrastré a la pequeña criatura que gritaba hacia la puerta, doblé la curva del pasillo y seguía tirando, toda excitada, feliz y orgullosa, cuando la voz del amo gritó:

—¡Vete, maldita bestia!

Salté para salvarme, pero él fue furiosamente rápido y me persiguió, golpeándome con su bastón. Esquivaba de un lado a otro, aterrorizada, y al final cayó un fuerte golpe sobre mi pata delantera izquierda, lo que me hizo chillar y caer, por el momento, desvalida. El bastón subió para dar otro golpe, pero nunca descendió, porque la voz de la enfermera resonó salvajemente:

—¡La guardería está en llamas!

Y el amo se precipitó en esa dirección, y mis otros huesos se salvaron.

El dolor era cruel, pero no importaba; no debía perder tiempo, él podía volver en cualquier momento. Así que cojeé sobre tres patas hasta el otro extremo del pasillo, donde había una pequeña escalera oscura que conducía a una buhardilla donde se guardaban cajas viejas y cosas por el estilo, como había oído decir, y donde la gente rara vez iba.

Me las arreglé para subir allí, luego busqué mi camino a través de la oscuridad entre los montones de cosas, y me escondí en el lugar más secreto que pude encontrar. Era una tontería tener miedo allí, pero aun así lo tenía; estaba tan asustada que me contuve y apenas gemí, aunque hubiera sido un consuelo hacerlo, porque eso alivia el dolor, ya sabes. Pero podía lamerme la pierna, y eso hizo algo de bien.

Durante media hora hubo una conmoción en la planta baja, gritos y pasos apresurados; luego hubo silencio otra vez. Silencio durante unos minutos, y eso fue un alivio para mi espíritu, porque entonces mis temores comenzaron a disminuir; y los miedos son peores que los dolores, oh, mucho peores.

Entonces se oyó un sonido que me congeló. Me llamaban, me llamaban por mi nombre, ¡me buscaban!

Estaba amortiguado por la distancia, pero eso no le quitaba el terror, y fue el sonido más espantoso que jamás había escuchado. Se oía por todas partes allá abajo: a lo largo de los pasillos, a través de todas las habitaciones, en ambos pisos, en el sótano y la bodega; luego afuera, y más y más lejos, luego de regreso y alrededor de la casa otra vez, y pensé que nunca, nunca se detendría. Pero al final lo hizo, horas y horas después de que el vago crepúsculo de la buhardilla se hubiera borrado hacía mucho tiempo por la oscuridad negra.

Entonces, en esa bendita quietud, mis terrores se desvanecieron poco a poco, y estaba en paz, y dormí. Fue un buen descanso el que tuve, pero me desperté antes de que el crepúsculo llegara otra vez. Me sentía bastante cómoda y podía pensar en un plan ahora.

Hice uno muy bueno: arrastrarme hacia abajo, todo el camino por las escaleras traseras, esconderme detrás de la puerta del sótano y escabullirme para escapar cuando el hombre del hielo llegara al amanecer, mientras estaba dentro llenando el refrigerador; luego me escondería todo el día y comenzaría mi viaje cuando llegara la noche: mi viaje a... bueno, a cualquier lugar donde no me conocieran ni me traicionaran con mi amo.

Me sentía casi alegre ahora; pero, de repente, pensé: ¿qué sería de la vida sin mi cachorro?

Eso era desesperación. No había ningún plan para mí, vi eso; debía quedarme donde estaba, quedarme y esperar, y tomar lo que pudiera venir; no era asunto mío. Eso era lo que era la vida, mi madre lo había dicho.

Entonces, bueno... entonces comenzó de nuevo el llamado. Todas mis penas regresaron. Me dije a mí misma: el amo nunca perdonará. No sabía qué había hecho para hacerlo tan amargo y tan implacable; sin embargo, juzgué que era algo que un perro no podía entender, pero que era claro para un hombre y terrible.

Llamaban y llamaban, días y noches, me pareció. Al final el hambre y la sed me volvían loca, y reconocí que estaba debilitándome mucho. Cuando estás así, duermes mucho, y una vez me desperté con un miedo terrible: me pareció que la llamada estaba allí mismo, ¡en la buhardilla!

Y así era: era la voz de Sadie, y estaba llorando. Mi nombre caía de sus labios todo roto, pobrecita, y no podía creer lo que oía por la alegría que me dio al escucharla decir:

—Vuelve a nosotros, oh, vuelve a nosotros, y perdona, todo es tan triste sin nuestro...

Interrumpí con un pequeño grito de gratitud, y al momento siguiente Sadie estaba zambulléndose y tropezando a través de la oscuridad y la madera, gritando para que la familia oyera:

—¡La he encontrado, la he encontrado!

Los días que siguieron, bueno, fueron maravillosos. La madre, Sadie y los sirvientes... bueno, parecían adorarme. Ellos parecían no poder hacerme una cama lo suficientemente fina; y en cuanto a la comida, no podían estar satisfechos con nada más que con la caza y las delicias que estaban fuera de temporada. Todos los días, los amigos y vecinos acudían en masa para escuchar sobre mi heroísmo —ese era el nombre con el que lo llamaban, y significa agricultura—. Recuerdo que mi madre lo tiró de una perrera una vez, y explicándolo de esa manera, pero no dijo qué era la agricultura, excepto que era sinónimo de incandescencia intramuros. Una docena de veces al día, la señora Gray y Sadie contaban la historia a los recién llegados y les decían que yo había arriesgado mi vida para salvar la del bebé, y ambos teníamos quemaduras para demostrarlo. Luego la compañía me acariciaba y exclamaba sobre mí, y se podía ver el orgullo en los ojos de Sadie y su madre. Cuando la gente quería saber qué me hacía cojear, ellas parecían avergonzadas y cambiaban de tema. A veces, cuando las personas las cazaban de esta o de aquella manera con preguntas al respecto, me parecía que iban a llorar.

Y eso no fue toda la gloria. No. Vinieron los amigos del amo —una veintena de las personas más distinguidas—, y me tuvo en el laboratorio, y discutieron sobre mí como si fuera una especie de descubrimiento. Algunos de ellos dijeron que era algo maravilloso en una bestia muda, la mejor exhibición de instinto que podían recordar; pero el maestro dijo, con vehemencia:

—Está muy por encima del instinto; es la RAZÓN, y muchos hombres, privilegiados de ser salvos e ir contigo y conmigo a un mundo mejor por derecho de su posesión, tienen menos de ella que este pobre cuadrúpedo tonto que está predestinado a perecer.

Y luego se rió y dijo:

—¡Vaya, mírame, soy un sarcasmo! Bendíceme, con toda mi gran inteligencia, lo único que deduje fue que el perro se había vuelto loco y estaba destruyendo al niño, mientras que, si no fuera por la inteligencia de la bestia —¡es la RAZÓN, te lo digo!—, el niño habría perecido.

Discutieron y disputaron, y yo era el centro mismo del tema. Deseaba que mi madre supiera que este gran honor había llegado a mí; la habría enorgullecido.

Luego discutieron sobre la óptica, como la llamaban, y si cierta lesión en el cerebro produciría ceguera o no. No pudieron ponerse de acuerdo en ello y dijeron que debían probarlo mediante experimentos poco a poco. Luego hablaron de plantas, y eso me interesó, porque en el verano Sadie y yo habíamos plantado semillas. La ayudé a cavar los hoyos, ya sabes, y después de días y días, un pequeño arbusto o una flor apareció allí, y fue un misterio cómo pudo suceder eso; pero lo hizo, y deseé poder hablar, se lo habría contado a esas personas y les habría mostrado cuánto sabía, y habría estado vivo con el tema. Pero no me importaba la óptica; fue aburrido, y cuando volvieron a ella, me aburrí y me dormí.

Muy pronto llegó la primavera, soleada, agradable y encantadora, y la dulce madre y los niños nos dieron unas palmaditas de despedida a mí y al cachorro, y se fueron de viaje a visitar a sus parientes. El amo no era compañía para nosotros, pero jugamos juntos y pasamos buenos momentos. Los sirvientes eran amables y amigables, así que nos llevábamos muy bien y contábamos los días esperando a la familia.

Un día aquellos hombres volvieron y dijeron:

—Ahora, para la prueba.

Y llevaron al cachorro al laboratorio, y yo también cojeé sobre tres patas, sintiéndome orgulloso, porque cualquier atención mostrada al cachorro era un placer para mí, claro. Discutieron y experimentaron, y luego, de repente, el cachorro gritó. Lo pusieron en el suelo, se tambaleó con la cabeza ensangrentada, y el maestro aplaudió y gritó:

—¡Ahí, he ganado! ¡Confiésalo! ¡Está tan ciego como un murciélago!

Y todos dijeron:

—Así es: has probado tu teoría, y la humanidad te debe una gran deuda a partir de ahora.

Se apiñaron a su alrededor, le estrecharon la mano cordialmente, lo elogiaron y lo felicitaron.

Pero apenas vi ni oí estas cosas, porque corrí de inmediato hacia mi pequeño cariño. Me acurruqué cerca de él donde estaba, lamí la sangre y puse mi cabeza contra la suya, gimiendo suavemente. Supe en mi corazón que fue un consuelo para ella, en su dolor y dificultad, sentir el toque de su madre, aunque no podía verme. Luego cayó, y su pequeña nariz de terciopelo descansó en el suelo. Quedó quieta y no se movió más.

Pronto el maestro dejó de discutir un momento, llamó al lacayo y dijo:

—Entiérralo en el rincón más alejado del jardín.

Luego continuó con lo suyo. Yo troté detrás del lacayo, muy feliz y agradecido, porque sabía que el cachorro ya no tenía dolor, porque estaba dormido. Fuimos hasta el extremo más lejano del jardín, donde los niños, la nodriza, el cachorro y yo solíamos jugar en verano, a la sombra de un gran olmo. Allí el lacayo cavó un hoyo, y vi que iba a plantar al cachorro, y me alegré, porque crecería y se volvería un perro muy guapo, como Robin Adair, y sería una bonita sorpresa para la familia cuando regresaran a casa. Traté de ayudarlo a cavar, pero mi pierna coja no estaba bien, estaba rígida, ya sabes, y tienes que tener dos, o no sirve de nada. Cuando el lacayo hubo terminado y cubierto al pequeño Robin, me dio unas palmaditas en la cabeza; había lágrimas en sus ojos y dijo:

—Pobre perrito, ¡salvaste a su hijo!

He visto pasar dos semanas enteras y no aparecen. Esta última semana, el miedo se ha apoderado de mí. Creo que hay algo terrible en esto. No sé qué es, pero el miedo me enferma, y no puedo comer, aunque los sirvientes me traen la mejor comida. Me acarician así, incluso vienen por la noche y lloran, y dicen:

—Pobre perrito, déjalo y vuelve a casa; ¡no nos rompas el corazón!

Y todo esto me aterroriza más y me asegura que algo ha sucedido. Estoy tan débil... desde ayer ya no puedo mantenerme en pie. Dentro de esta hora, los sirvientes, mirando hacia el sol que se hundía fuera de la vista y al frío nocturno que se acercaba, dijeron cosas que no pude entender, pero llevaron algo frío a mi corazón.

"¡Esas pobres criaturas! No sospechan. Volverán a casa mañana y preguntarán ansiosamente por el perrito que realizó la valiente hazaña, y ¿quién de nosotros será lo suficientemente fuerte como para decirles la verdad? 'El humilde amiguito se ha ido, ¿a dónde van las bestias que perecen?'"

CONTENIDO